U0116161

做孩子的健康医生
——让宝宝远离疾病困扰
ZUO HAI ZI DE JIANKANG YISHENG

主　编　徐济达　谢英彪

编　著　周明飞　陈大江　周小华　刘智亮
　　　　王　凯　虞丽相　熊　英　张学成

人民军医出版社
PEOPLE'S MILITARY MEDICAL PRESS
北　京

图书在版编目（CIP）数据

做孩子的健康医生：让宝宝远离疾病困扰 / 徐济达，谢英彪主编. —北京：人民军医出版社，2008.11

ISBN 978-7-5091-2145-0

Ⅰ．做… Ⅱ．①徐…②谢… Ⅲ．小儿疾病－防治 Ⅳ．R72

中国版本图书馆 CIP 数据核字（2008）第 153455 号

策划编辑：崔晓荣　　文字编辑：王月红　　责任审读：余满松

出 版 人：齐学进

出版发行：人民军医出版社　　　　　　　　经销：新华书店

通信地址：北京市 100036 信箱 188 分箱　　邮编：100036

质量反馈电话：（010）51927270；（010）51927283

邮购电话：（010）51927252

策划编辑电话：（010）51927288

网址：www.pmmp.com.cn

印刷：北京国马印刷厂　　装订：京兰装订有限公司

开本：710mm×1010mm　　1/16

印张：9　　字数：123 千字

版、印次：2008 年 11 月第 1 版第 1 次印刷

印数：0001～4500

定价：22.00 元

内容提要

　　本书主要介绍了影响儿童健康成长的营养缺乏症、儿童肥胖症、儿童高血压、儿童高脂血症、儿童近视、身材矮小、孤独症、儿童铅中毒和性早熟等疾病。内容通俗易懂，实用性强。本书是指导家庭科学养育孩子的必备图书。

前　言

　　孩子生病的原因主要有两个方面：一是遗传因素，二是环境因素。有些疾病完全是遗传因素导致的，例如白化病、血友病等。这些疾病的发生不受外界环境因素的影响。也有些疾病则完全是由环境因素导致的。事实上，绝大多数疾病的发生取决于遗传和环境两方面的因素。人们都知道有很多外在的因素可以导致癌症的发生，例如房屋的装修材料中，可能会含有多种致癌物质。但是，遗传和环境这两种因素在不同的疾病发生中发挥的作用大小不一、地位不同。例如，肺炎、脑炎、感冒、肠炎等疾病的发生主要取决于外界因素。另外一些疾病，例如系统性红斑狼疮、原发性高血压、糖尿病、高脂血症、直肠癌、乳腺癌等疾病的发生，遗传因素发挥的作用就更大一些。换句话说，有这些疾病遗传因素的人，就需格外注意一些环境因素，以避免这些疾病的发生。

　　每个孩子都是家长的掌上明珠，备受呵护和关爱，让孩子健康快乐地成长是每个家长的共同心愿。然而，几乎每个孩子都有可能生病，不管疾病是轻是重、是急是缓，都会对孩子、父母和家人造成或大或小的影响。如何才能使孩子少生病呢？一是要按时进行预防接种，二是要注意合理营养，三是要注意锻炼身体，四是要避免与有病的儿童接触，五是要讲究清洁卫生，这样可以使孩子尽可能地少生病。

避免孩子生病是许多家庭非常关心的问题。为此，我们组织了相关儿科临床医生和从事儿童保健专业的人士，针对国内专家一致公认的儿童最为常见的营养缺乏症、儿童肥胖症、儿童高血压、儿童高脂血症、儿童近视、身材矮小、孤独症、儿童铅中毒和性早熟等病症，共同编写了这本《做孩子的健康医生——让宝宝远离疾病困扰》，希望本书的出版能为家长分忧，为儿童健康出力。作者在编写本书过程中参考了许多中外文献，在此一并表示衷心感谢！

编　者

2008 年 6 月 18 日

C 目录
ontents

一、营养缺乏症

二、儿童肥胖症

三、儿童高血压

四、儿童高脂血症

五、儿童近视

六、身材矮小

七、孤独症

八、儿童铅中毒

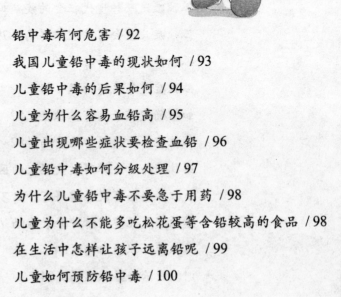

九、性早熟

一、营养缺乏症

家长为何要重视儿童缺铁性贫血

缺铁性贫血又称营养性小细胞性贫血。缺铁性贫血是全世界发病率最高的营养缺乏性疾病之一。我国 6 个月至 2 岁的婴幼儿中较多见，患病率为 20%～30%，农村高于城市。主要原因与断奶期喂养不当，未及时补充铁质有关。缺铁性贫血的儿童常面色苍白、食欲减退、活动减少、生长发育迟缓，因免疫功能降低而易患各种感染性疾病。而且，缺铁还会影响婴幼儿智能发育，出现精神症状。

江苏省疾病控制中心 2006 年发布的省内学生营养调查情况报告显示，江苏省学生营养状况总体良好，但存在的营养问题仍然比较突出，主要表现为贫血、肥胖及不良的饮食习惯等，其中中小学生的贫血问题尤为严重，贫血的患病率为 20%左右，与 2002 年相比呈上升趋势。其中，缺铁性贫血最为常见，约占 90%以上。缺铁性贫血是儿童的常见病。在生长发育最旺盛的婴儿时期，如果体内储存的铁被用尽而饮食中铁的含量不够，消化道对铁的吸收不足以补充血容量和红细胞的增加，即可发生贫血。

铁是人体必需微量元素，铁是研究最多、最为了解的营养素之一。铁缺乏是世界范围的营养缺乏症，所以越来越引起人们的关注。成人体内含铁 3～5 克，主要存在于血红蛋白中。铁构成血红蛋白，参与氧的运输；参与细胞色素合成；调节组织呼吸；维持机体免疫力和抗肿瘤能力。由于铁缺乏导致缺铁性贫血，世界各地均有发病，早产儿、婴幼儿、儿童和孕妇的患病率较高，被世界卫生组织列为全球性预防和控制的疾病之一。

儿童缺铁性贫血大都由于铁的摄入量不足而引起，如长期以乳类喂养而不添加辅助食品，或添加辅助食品不及时和量太少；病期和恢复期过于限制饮食，以及偏食等；生长发育较快的幼婴儿，铁的摄入量跟不上；还有如消化道功能紊乱，长期呕吐或腹泻、慢性痢疾等均可直接妨碍铁及蛋白质的吸收而引起贫血。本病可发生于任何年龄的小儿，主要表现为疲倦乏力，头晕耳鸣，食欲缺乏，消化不良，烦躁不安，思想不能集中，皮肤、口唇、口腔黏膜、眼结膜、手掌和指甲苍白。贫血严重时，可有低热、呼吸和脉搏加快，心脏扩大，心前区可听到收缩期杂音，肝、脾大，甚至智力发育迟缓。

缺铁性贫血大多起病缓慢，无特殊表现，不为父母所注意。其主要表现为烦躁不安，精神差，孩子变得好静不好动和食欲不佳等。此时父母如注意孩子的面色，可发现患儿两眼巩膜发蓝，皮肤和口唇的颜色逐渐变得苍白。随着贫血的加重，孩子容易发生疲劳，甚至在稍稍活动后就会出现气喘。患儿的毛发也变得无光泽，乃至变细、变软。因此，在孩子有烦躁不安、不活泼、食欲不佳等症状时，就应及时带孩子去医院检查是否有贫血的存在。

贫血可影响孩子的体格生长和智力发育，小儿的身高生长落后，上课时注意力不集中，记忆力下降；还影响孩子的免疫功能，使孩子容易发生感染，因而经常生病。

正常情况下，年龄稍大的儿童，如果平时膳食中的营养能保持平衡，一般不会发生缺铁。但年龄稍小的婴幼儿，由于进食较少，此时生长发育又快，铁需要量大，如果不注意供给含铁较丰富的饮食，往往容易导致缺铁性贫血的发生。1岁以内的小儿，一般主要靠吃奶摄取营养，由于人乳及牛乳中含铁量均较少，不能满足身体的需要，容易发生贫血。但足月产儿到出生后4个月期间，由于其体内储存有胎儿时期从母体摄取的铁，因而这段时期内即使不给其额外补铁，也不至于发生缺铁。4个月后，由于体内的贮备铁已几乎用完，即应及时为其补铁，否则容易发生缺铁。

儿童缺铁性贫血的病因有哪些

小儿患缺铁性贫血最常见的原因多种多样：一种是孩子生长发育太快，血容量的增加也快，需要制造更多的红细胞，对铁的需要量也相对比成人多，因此供应不足就容易缺铁，尤其是在3岁以内生长发育很快的阶段更是如此。另一种是孩子在生长发育的过程中摄入铁的量不够也是小儿患缺铁性贫血最常见的原因，这又可分为以下几种情况：

（1）婴儿期喂养不当：对婴儿说来，人奶、牛奶的含铁量都很少，如果单纯吃奶或奶加米羹而没有在3～4个月时开始加果汁、蛋黄、菜泥，5～6个月时开始吃稀饭、面条，9～10个月时加肉末、猪肝酱等，就很容易缺铁。小孩越胖，就越容易缺铁。

（2）幼儿偏食或食物配搭不当：因牛奶和鸡蛋的含铁量或吸收量并不高，如果孩子单喝牛奶和鸡蛋，而不兼吃蔬菜、猪肝、瘦肉等，也会引起缺铁。还有在饮食方面如

果孩子很少吃肉或偏爱吃肥肉，喜欢吃零食而正餐吃得很少的孩子，也容易造成缺铁性贫血。

（3）经常饮浓茶、喝咖啡，大量喝可乐、吃巧克力的孩子会妨碍铁在胃肠道的吸收，也容易缺铁而引起贫血。再一种原因是孩子经常腹泻或患有其他胃肠道疾病，必然会影响铁的摄入，也可能出现缺铁性贫血。最后一种原因是孩子经常流鼻血、痔出血或有溃疡、肠息肉、钩虫病等容易引起隐性失血的疾病，都易引起铁流失过多而产生贫血。

儿童缺铁性贫血有哪些临床表现

缺铁性贫血多数起病缓慢，常见于 4 个月以上的婴儿、儿童及 15～30 岁生育期女性。临床表现包括：贫血本身引起的症状；组织中含铁蛋白质酶的缺乏引起细胞功能紊乱而产生的症状和体征；引起缺铁的原发病的临床表现及其并发症。

贫血本身的表现：贫血的临床表现主要有皮肤和黏膜颜色苍白，疲乏无力，头晕耳鸣，眼花，记忆力减退，严重者可出现心力衰竭，恶心呕吐，食欲减退，腹胀腹泻等，即所谓贫血的一般症状。

消化道黏膜病变：舌乳头萎缩、舌苔光红、舌有烧灼感、口腔黏膜变薄、上皮细胞角化、口腔炎、舌炎、唇炎、口角皲裂等，均为组织细胞中缺铁和维生素 B_{12} 缺乏所致。约有 1/2 的缺铁性贫血患儿由于胃黏膜功能降低而导致胃酸分泌缺乏，有时可发生萎缩性胃炎，后者又可使铁质吸收困难，使贫血进一步加重。消化道的症状如食欲缺乏、腹胀、嗳气、便秘为缺铁常见症状。有一些缺铁患儿有异食癖，如嗜食泥土、煤球、冰块、粉笔、糨糊、石灰、生米等。

此外，缺铁性贫血患儿还会出现指（趾）甲缺乏光泽，脆薄易裂，出现直的条纹状隆起，重者指（趾）甲变平，甚至凹下呈勺状（即反甲）；皮肤干燥，皱褶、萎缩；头发蓬松、脱落、干燥少津等症状。

如何治疗缺铁性贫血

缺铁性贫血的治疗，应根据孩子的年龄和贫血的程度而制定不同的方法。轻度贫血主要是饮食治疗，既要供给丰富的蛋白质饮食，也不能忘了含铁较多的绿色蔬菜的供给，特别要注意荤素食品的搭配和供给，这样更有利于铁在人体内的吸收。含铁丰富的食物有猪肝、鱼、肉、蛋类、绿叶蔬菜、黄豆、海带等。中度以上的贫血必须服用适量的铁剂治疗，如硫酸亚铁或葡萄糖酸亚铁糖浆。补铁的同时应口服维生素C，以有利于铁的吸收。此外，还应找出引起孩子贫血的原因，及时治疗某些疾病。即使贫血已经治愈，也应注意营养物质的补充，以预防孩子的缺铁性贫血。临床上，儿童缺铁性贫血的治疗主要包括病因治疗及补充铁剂两方面。

（1）去除病因：去除缺铁性贫血的病因比治疗贫血更为重要。因为病因治疗对于纠正贫血及彻底治愈，防止复发，都有重要意义。例如，驱除钩虫、控制慢性出血以及改变偏食等不良习惯，对婴幼儿及时添加辅食，对生长期儿童、孕妇及哺乳期妇女宜给予含铁较多的食物。可见治疗原发病很重要。但对原发病采用什么治疗方法，须因病而异。至于先治原发病还是先治贫血，或者同时进行，也须根据病人的具体情况而定。

（2）补充铁剂：铁剂是治疗缺铁性贫血的特效药，其种类很多，一般以口服无机铁盐是最经济、方便和有效的方法，常用的有硫酸亚铁（含铁 20%），富马酸亚铁（含铁 30%）。根据实验结果，每日剂量以所含铁元素 4.5～6 毫克/千克为宜，分 3 次服用（折合硫酸亚铁每日 30 毫克/千克，富马酸亚铁每日 20 毫克/千克）。此量可以达到吸收的最高限度，超过此量吸收反而下降，并增加了对胃黏膜的刺激，剂量过大还可产生中毒现象。服药最好在两餐之间，既减少对胃黏膜的刺激，又利于吸收，同时服用维生素C可促进铁的吸收，应避免与大量牛奶或茶同时服用，以免影响铁的吸收。

使用铁剂治疗 12～24 小时后体内含铁酶开始恢复，烦躁等精神神经症状减轻，食欲好转，较大患儿自觉症状好转，2 周后血红蛋白上升，一般于治疗 3~4 周后贫血被纠正，各种临床症状逐渐消失。铁剂治疗一般需继续应用至红细胞和血红蛋白达到正常水平后至少 6~8 周，以补充体内铁的贮存量。若铁剂治疗 3 周仍无效，应考虑是否有诊断错误或其他因素影响疗效。

如何护理缺铁性贫血患儿

贫血患儿居室环境要安静，空气要流通。由于贫血患儿抵抗力低，容易感染疾病，如消化不良、腹泻、肺炎等，因此患儿尽量少到公共场所人多的地方去，并注意勿与其他病人接触，以避免交叉感染，因感染后能使贫血加重。

合理喂养是纠正贫血的重要途径。应多给富含铁的食物，如动物的心、肝、肾、血以及牛肉、鸡蛋黄、菠菜、豆制品、黑木耳、红枣等，并纠正偏食习惯。提倡母乳喂养，因母乳中含铁量比牛奶高，且易吸收，并注意及时添加辅助食品，如 3~4 个月的婴儿，可给蛋黄 1/4 个，以后逐渐增加到 1 个，5~6 个月时加菜泥，7 个月后可加肉末、肝泥，设法提高婴儿食欲，同时防止消化不良。

在医生指导下服用铁剂。婴儿最好在两餐之间服用，以利于吸收，因为铁质对胃黏膜有刺激，服后易产生恶心、呕吐，同时避免与牛奶、钙片同时服用，也不要用茶喂服，以免影响铁的吸收。铁剂用量应遵医嘱，用量过大，可出现中毒现象。

严重贫血的患者，活动后易出现心悸、气喘症状，必须卧床休息，必要时还需氧气吸入、输血。

如何预防儿童缺铁性贫血

缺铁性贫血的预防主要是注意小儿喂养，及时添加适当的辅助食品，纠正偏食习惯，积极治疗造成贫血的各种原发病。要加强宣传和切实贯彻计划生育，妊娠后期和哺乳期妇女，每日口服硫酸亚铁 0.2 克。加强孕妇及乳母的保健，多吃含铁丰富的新鲜蔬菜。对易患缺铁性贫血的高危人群要注意补充铁剂。在钩虫流行区要大力开展消灭寄生虫的卫生防疫工作，防止患者重复感染，同时给予口服铁剂，以预防和治疗贫血。对胃切除或次全切除的患儿也需要及时补充铁剂。

平时要注意患儿饮食，做到合理搭配，讲究营养。婴儿期要根据生长的阶段及时地添加各种辅助食品，儿童要纠正偏食，注意饮食的合理搭配。要多吃含铁量高的食物，如黑木耳、瘦肉、肝脏及绿叶蔬菜，水果也可以帮助铁的吸收。早产儿由于体内存储铁的量比足月儿少，出生后生长较快，更容易缺铁，可在出生后 2 个月开始服用含铁药物，酌情用到 2~3 岁，防止缺铁而引起贫血。

富含铁的食物有哪些

每日膳食中铁的适宜摄入量为：成人男性 15 毫克、女性 20 毫克，6 个月以内的婴儿 0.3 毫克，6 个月至 1 岁的婴儿 10 毫克，儿童 12 毫克，青少年男性 16~20 毫克、女性 18~25 毫克，孕妇 15~35 毫克，乳母 25 毫克。

铁的最好来源为动物肝脏、全血、鱼类和肉类食品。海带、紫菜、黑木耳和黄豆含量也较高，白菜、油菜和芹菜也含有较多的铁。动物性食物中铁吸收率＞10%，植物性食物铁吸收率＜10%。促进铁吸收的因素有维生素 C，肉、鱼、禽中的"肉因子"（肉类、动物肝脏可促进铁吸收，原因未明，所以暂称为肉因子或肉、鱼、禽因子）、胃酸等；抑制铁吸收的因素为膳食中的植酸、草酸、磷酸和碳酸等。近年的研究发现，维生素 B_2 对铁的吸收、转运与储存均有良好影响。铁的吸收率还受体内的储存量、需要量的影响，如在生长发育期和孕期铁吸收率高，体内铁储备丰富时吸收率低。

儿童缺锌的原因有哪些

锌是人体 25 种必需元素之一。锌参与体内 70 余种酶的合成。锌缺乏可降低有关酶的活性而影响人体生长发育、免疫防卫、创伤愈合、生殖生育等生理功能。人体内锌含量为 2~3 克。锌能促进体格和智力发育，因此对儿童、青少年尤为重要。锌参与多种酶的组成，在组织呼吸、蛋白质合成、核酸代谢中起重要作用，为生长发育所必需；促进智力发育；保护皮肤和骨骼；提高免疫功能；维护生殖功能的正常发育；促进维生素 A 的吸收而对眼睛产生有益作用。锌能维持正常味觉和食欲等。

儿童缺锌的主要原因是：①双胎、早产及营养不良儿易发生缺锌。②人工喂养儿易发生缺锌。③小儿偏食、挑食、忌口、常吃零食等易发生缺锌。④单纯依靠静脉补液或服用金属螯合剂（如青霉胺）可致急性缺锌。

人体缺锌的主要表现有哪些

最早发现锌缺乏症是在 1961 年，当时有一名英国医生在伊朗的乡村发现一些儿童和青少年食欲很差，生长发育缓慢，身材矮小而成为侏儒。有的已到性成熟年龄，但第二性征发育不全，性功能低下，女孩子没有月经。临床检查发现，这些孩子皮肤粗糙，并有色素沉着，严重贫血，肝、脾大。由于患者有严重贫血症，起初医务人员以为由于缺铁造成，然而当给患者补充铁剂后，虽然贫血症状略有改善，但其他症状却毫无减轻。后来经营养学家研究发现，这些孩子的症状与动物实验中小白鼠缺锌的症状相似，于是就让患者口服锌剂，果然取得了良好的效果。

锌缺乏症的主要临床表现是：

（1）食欲缺乏等胃肠道症状。患者饮食下降，味觉异常，常会出现喜欢吃泥土、豆子、纸张等异常表现，医学上称之为"异嗜癖"。

（2）生长发育停滞、身材矮小，形如侏儒。锌缺乏还可引起骨骼的异常，表现为下肢关节出现炎性改变。

（3）青少年缺锌可出现性发育缓慢，性成熟延迟，性器官呈幼稚型。性功能下降，精子减少，第二性征发育不全，月经不正常或停止，没有生育能力。

（4）锌缺乏时，还可出现贫血、伤口愈合缓慢、皮肤粗糙、肢端皮炎、易患感冒等。孕妇缺锌甚至可引起胎儿畸形。

（5）锌还是生殖系统内重要的元素，男性缺锌主要会影响精子的活动能力，机体的免疫功能降低而容易患前列腺炎、附睾炎等感染性疾病，影响促性腺激素的分泌，还可以抑制机体对有害金属铅的排泄。

儿童缺锌有哪些危害

（1）影响儿童消化功能。小儿缺锌，最初会出现味觉减退，食欲缺乏，继而造成儿童厌食、偏食甚至异食（如吃土、吃煤渣、墙灰、头发等）等临床表现。

（2）影响儿童的免疫功能。缺锌会使儿童抗病能力下降，主要表现为易发生反复感染，且迁延难愈。

（3）阻碍儿童的生长发育和智力发育。严重缺锌的儿童将会出现生长发育迟缓、体重下降，身材、动作、语言、智力等都落后于同龄儿。

（4）阻碍儿童性器官发育。造成患儿性腺发育不全，第二性征不明显，较大女孩可有闭经。

（5）影响儿童皮肤健康。小儿缺锌时，会出现皮肤粗糙，头发枯黄、缺乏光泽，指（趾）甲不光滑等临床表现，严重缺锌则会出现各种皮疹、皮炎、多发性口腔溃疡，伤口、下肢溃疡长期不愈合等。

长期缺锌，最终将导致孩子智力和生长发育受阻、免疫力低下、反复感染疾病、生长发育缓慢、食欲减退、异食癖、视力问题，甚至造成不可逆转的损害，直接影响到孩子的一生。因此，如何正确、合理、有效地补充锌元素已经成为医生和家长日益关注的热点问题。

如何诊断锌缺乏症

锌缺乏症目前尚无特异性诊断指标，主要根据锌缺乏病史、临床表现、低血锌以及结合治疗效应等综合判断。

血锌能反映近期锌的动态平衡状况，若除外急、慢性感染与肝、肾等疾病，血锌＜11.48 微摩尔/升（75 微克/100 毫升）有诊断价值，正常值 13.94 微摩尔/升

（91.14 微克/100 毫升）。

发锌能反映长期锌营养状况，但波动大，不准确，只能作为人群普查筛选的指标之一，正常小儿发锌低限值为 1 692.60 微摩尔/升。

尿锌能反映锌的代谢水平，缺锌时，尿锌测定降低。若同时测定血锌、发锌、尿锌三项指标，则诊断价值更大。

对临床上有缺锌表现、但血锌或发锌不低者，补锌治疗后的营养及临床改善者，可作为确定锌营养状态的重要手段。

如何给孩子补锌

锌作为人体的必需微量元素，不能在体内合成，而只能依靠外来食物提供。因此，调整膳食结构，注意营养平衡是预防和改善孩子缺锌的首要途径。

对于生长发育中的儿童，首先应注意不要偏食。食物中锌含量的排列次序为动物性食物＞豆类＞谷类＞蔬菜。如锌在贝壳类海产品、红色肉类、动物内脏含量极丰富。此外，花生、核桃、栗子等硬壳果的锌含量也较高。

要少给孩子吃反复加工、过于精制的食品。过细的加工过程可导致大量的锌丢失。

此外，母乳中锌的生物效能比牛奶高，因此，提倡母乳喂养也是预防缺锌的好途径。

临床上，治疗锌缺乏症首先应查明病因，治疗原发病，同时给予补锌治疗。一般补锌剂量按元素锌每日 0.5～1.5 毫克/千克为标准。1 毫克元素锌等于 4.4 毫克硫酸锌，7 毫克葡萄糖酸锌。疗程可视病情及病种而定，一般疗程以 2～3 个月为宜。小儿可给予 1%硫酸锌溶液分次口服。当严重缺锌、胃肠道疾病或静脉内营养者，可静脉注射锌剂，常用静脉制剂是氯化锌，1 毫克元素锌等于 2.1 毫克氯化锌。治疗同时，应摄入足量动物蛋白质，使症状更快改善。药物锌也不宜过量，否则可致急性锌中毒，表现为腹泻、呕吐和嗜睡等。长期过量还可引起铜缺乏，需予注意。

富含锌的食物有哪些

每日膳食中锌的推荐营养素摄入量为：成人男性 15 毫克、女性 11.5 毫克（50 岁以上均为 11.5 毫克），6 个月以内的婴儿 1.5 毫克，6 个月至 1 岁的婴儿 8 毫克，幼儿 9 毫克，儿童 12～13.5 毫克，青少年男性 18～19 毫克、女性 15 毫克，孕妇 11.5～16.5 毫克，乳母 21.5 毫克。

锌的来源主要是动物性食品，而且吸收率高，其中海产品如牡蛎、鱼贝类最好，肉、蛋含量丰富；干豆、粮食和蔬菜中锌吸收较低。锌缺乏可发生于偏食、疾病、食欲缺乏等，以及动物性蛋白质摄入少而伴有锌摄入不足，或小儿生长迅速、妇女妊娠、授乳等生理需要量增高而造成相对摄入不足；食物中过多的膳食纤维、草酸、植酸使锌的吸收利用率降低。

我国居民锌的摄入量不足，尤其是儿童缺锌高达 30%～60%。同济医科大学对北京、杭州和郑州等 20 多个城市调查发现，约有 60% 的儿童缺锌。特别是在农村、山区的儿童，以素食为主的地区，膳食中锌的生物利用率低，缺乏更为多见。因此，专家呼吁我国的儿童、青少年要注意补锌。

如何预防儿童缺锌

为了促进儿童的健康生长发育，应注意预防锌的缺乏。

（1）缺锌的预防首先应从母亲孕期开始。孕妇应科学合理地安排饮食，注意在各种食物中摄取足够的营养素。应食用含锌量较高的食物，如肉、蛋、肝、牡蛎、鲜鱼、花生、核桃、杏仁等。

（2）提倡母乳喂养。母乳中的锌易于吸收，尤其初乳中锌的含量较高，因此，婴儿出生后应尽早哺乳。在母乳喂养的同时，适时、合理地添加辅食，也是非常重要的。

（3）注意婴幼儿良好饮食习惯的养成。不挑食、不偏食，提倡饮食多样化，不要经常食用如精米、富强粉、巧克力等精制食品。因为在精细的加工过程中，食物的营养成分会丢失。

（4）饮食中应供给含锌量较高的食品，如鱼肉、蛋类、豆制品、坚果类等食物。动物性食物含锌量高于植物性食物，吸收利用率也高。

（5）对于低出生体重儿，营养不良儿，长期腹泻、反复感染的小儿，在饮食补充的同时，可服用适量的锌剂。

（6）已确诊为锌缺乏症的小儿，应在医生的指导下服用锌剂，但不得滥用。锌剂服用过量也会影响体内其他微量元素的吸收利用（如导致铜缺乏或贫血），故应科学合理地使用锌剂。此外，治病要治本，应找到小儿缺锌的原因，给予病因治疗；饮食的补充和调整，在预防锌缺乏症中也是不容忽视的。

维生素 A 缺乏有何症状

维生素 A（视黄醇）存在于动物体内；胡萝卜素存在于植物中，具有与维生素 A 相似的化学结构，在人体肝及肠黏膜中可转化为维生素 A，所以又称为维生素 A 原。已知有 10 种以上胡萝卜素类化合物可转化为维生素 A，其中主要有 α 胡萝卜素、β 胡萝卜素、γ 胡萝卜素和隐黄素四种，以 β 胡萝卜素的活性最高、最容易被吸收。

长期患腹泻、肝病和传染病的婴儿容易发生维生素 A 缺乏症。最早出现的是眼部症状，初期婴儿因眼泪少、眼发干而感到不舒服，老是眨眼、怕光，时间一久则眼珠表面失去光泽、出现皱褶。如病情进一步发展，可见黑眼球软化、浑浊、溃疡和穿孔，导致完全失明，成为终身残疾。此外，患儿还可出现全身皮肤干燥、脱屑，四肢的伸侧面由于毛囊角化，摸上去如粗沙样感觉。严重者还可引起夜盲症（夜间看不见东西）、角膜穿孔，以致失明。另外，缺乏维生素 A 还可以引起全身免疫功能下降，易发生呼吸道和泌尿道感染，而且迁延不愈。

维生素 A 有多种用途，主要用途是构成人眼视网膜内的一种叫视紫红质的物质，以维持人眼在暗光下的视觉。所以人体缺乏维生素 A 时，暗光下视力障碍，引起夜盲症。另外，维生素 A 可维持人体上皮组织结构的完整性和功能，促进生长发育，故当维生素 A 缺乏时，人体皮肤粗糙、易感冒，重者生长发育也受到影响。如果小儿患有慢性腹泻、慢性肝炎、先天性肠道闭锁、肠结核、脂肪泻、长期发热、肿瘤等慢性消耗性疾病，不能通过正常饮食来加以补充，则须用维生素 A 进行治疗。

过量摄入可引起维生素 A 中毒症状，表现为异常过敏、发热、腹泻、头晕等。

维生素 A 缺乏如何治疗

轻症可给予口服维生素 A，目前有多种含维生素 A 的口服制剂，如浓缩鱼肝油丸（每粒含维生素 A 10 000U、维生素 D 1 000U），贝特令软胶囊（每粒含维生素 A 1 800U、维生素 D 600U）等。口服维生素 A 剂量：1～3 岁小儿为每天按每千克体重用药 1 500 微克（相当于每天按每千克体重用药 5 000U），每天总量为 7 500～15 000 微克（相当于 2.5 万～5 万 U），分 2～3 次口服。重症或消化吸收障碍者可深部肌内注射维生素 AD 油剂 0.5～1 毫升，3～5 日症状好转后就可以

改为口服，并逐渐减量。眼部症状消失后改为预防剂量，婴儿每天口服 450～700 微克，儿童每天口服 700～1 500 微克。不宜长期大量服用维生素 A，以防中毒。维生素 A 中毒反应有骨痛、颅内高压、皮疹、脱发、厌食、恶心、呕吐、口唇皲裂等。停药后可自行消失。经治疗后，夜盲改善最快，数小时即可见效，眼干燥症及角膜病可迅速好转，皮肤角化消除较慢，需 1～2 个月才能恢复。口服维生素 A 治疗的同时，给予维生素 E 口服可以提高疗效。因为维生素 E

也有维持人体细胞正常结构和功能的作用。

眼干燥症时可应用消毒鱼肝油滴眼，并用 0.25%氯霉素眼药水滴眼或金霉素药膏涂于眼内以防继发感染。有角膜软化溃疡时动作宜轻柔，不可压迫眼球以免角膜穿孔，增加消毒鱼肝油及抗生素眼药水滴眼的次数。每 1～1.5 小时交替滴眼 1 次，每次 1～2 滴，1 日 20 次，并用 1%阿托品扩瞳，以防虹膜粘连。

婴儿每天需要维生素 A 的量为 450～700 微克（1 500～2 000U），如果孩子能够正常饮食，不偏食，一般不会引起维生素 A 缺乏。如果出现维生素 A 缺乏症，应在医师的指导下使用维生素 A 治疗。

维生素 A 缺乏如何预防

维生素 A 的食物来源：一是动物性食物，以动物肝、未脱脂乳和乳制品，以及蛋类的含量较高；二是植物性食物中的胡萝卜素，以深绿色、红黄色蔬菜的含量为最多，如菠菜、豌豆苗、韭菜、红心甘薯、胡萝卜、青椒和南瓜等。

胡萝卜素在体内可转化为维生素 A，但是其利用率很不稳定，因此，建议人们摄取维生素 A 时至少应有 1/3 来自含维生素 A 的动物性食物。

预防维生素 A 缺乏症，婴儿应及时添加鱼肝油、动物肝脏、蛋黄、新鲜水果和蔬菜（如番茄、香蕉和绿叶蔬菜）等富含维生素 A 的食物。对于长期用米糕、面糊、炼乳等谷类及糖类食物喂哺又未添加辅食的小儿，应改用母乳或牛乳，并及时添加辅食，如蛋、肝、蔬菜、水果等。早产儿由于生下来比较小，体内维生素 A 储备不足，生长发育又快，更要强调母乳喂养，并注意补充富含维生素 A 的食物。

维生素 B$_2$ 缺乏有何症状

维生素 B$_2$ 又称核黄素。婴幼儿饮食中长期缺乏动物蛋白和新鲜蔬菜，或反复呕吐、腹泻以及患慢性消耗性疾病，都可导致体内维生素 B_2 不足而发病。维生素 B_2 是人体中很重要的辅酶成分，参与人体三大营养素糖、蛋白质和脂肪代谢。缺乏时引起代谢障碍，主要表现为唇与舌的口角炎、唇炎和舌炎；眼的结膜炎和角膜炎以及皮肤的脂溢性皮炎。

维生素 B_2 缺乏多见于长期以大量淀粉类食物为主食（如精米、精面等）的小儿，因为谷物在加工过程中可失去大量的维生素 B_2，同时这些小儿又很少吃动物性蛋白（如鱼、肉等）及新鲜蔬菜。还有一部分小儿是因为营养不良、慢性胃肠道疾患、创伤、结核及长期发热等原因引起维生素 B_2 缺乏。

维生素 B_2 缺乏如何治疗

维生素 B_2 缺乏症患儿在确诊后应口服维生素 B_2，每次 5 毫克，每天 2～3 次，症状大多于治疗后 2 周左右消失。见效缓慢的患儿可以肌内注射维生素 B_2，每天 5 毫克，1 日 1 次。同时改善饮食，并服用复合维生素以治疗或预防可能共存的其他维生素 B 族的缺乏。当小儿症状完全消失，能正常饮食后即可停服维生素 B_2。

一般认为体内不能贮存维生素 B_2，大量摄入维生素 B_2 后，尿中的排出量显著增高。故每天应摄取一定量的维生素 B_2，以免缺乏。进行光疗的新生儿或接受血液透析疗法、长期静脉营养治疗的患儿，应注意补充维生素 B_2 以预防医源性维生素 B_2 缺乏症的发生。

维生素 B_2 缺乏如何预防

每日膳食中，14 岁以下儿童的维生素 B_2 的推荐营养素摄入量为 0.4～1.2 毫克。维生素 B_2 极少有不良反应，服用安全。

　　维生素 B_2 最多存在于酵母中，此外动物肝脏的含量也特别丰富。以每 100 克所含维生素 B_2 量计算，干酵母为 5.4 毫克、肝 3.5 毫克、蛋 0.3 毫克、猪肉 0.27 毫克、牛乳 0.17 毫克。谷类食物的维生素 B_2 含量随加工与烹调方法而异。精米中维生素 B_2 的留存量仅为糙米的 59%，小麦标准粉的维生素 B_2 仅留存原有的 39%，精粉中更少。麦面制品加工中用碱可使所含维生素 B_2 在加热时破坏。淘米、煮面去汤均可使食物中的维生素 B_2 丢失。

　　预防维生素 B_2 缺乏症，可让孩子多吃些动物肝、蛋类、绿色蔬菜和水果等。如果能够正常饮食，不偏食，也没有疾病的影响，一般不会引起维生素 B_2 缺乏症。

二、儿童肥胖症

儿童为什么会患肥胖症

儿童肥胖症是由于长期摄入的能量超过人体的消耗，导致体内脂肪积聚过多、体重超过一定范围的一种营养障碍性疾病。小儿时期主要为单纯性肥胖症，占95%～97%。近年来由于人民生活水平提高、膳食结构发生改变，儿童肥胖症的发病率呈逐步上升趋势。肥胖不仅影响小儿的健康，还与成年期心血管疾病、糖尿病、胆石症等众多严重危害人类健康的疾病密切有关，因此，对本病的防治应引起社会及家庭的重视。

（1）摄入过多：摄入的营养超过机体代谢需要，则多余的能量便转化为脂肪贮存体内，导致肥胖。如哭闹或生气时即给奶喂养，会使小儿从小养成不高兴就寻找食物的不良习惯；喜食高脂肪食品、含糖饮料或快餐等高能量食物；精神创伤以及心理异常等因素也可致小儿饮食过多。

（2）活动过少：缺乏适当的活动和体育锻炼，即使未摄入过多高能量食物，因能量消耗过少，也可引起肥胖。而肥胖小儿由于活动不便和笨拙大多不喜爱运动，易形成恶性循环。

（3）遗传因素：目前认为肥胖的发生与多基因遗传有关。父母皆肥胖其后代肥胖发生率高达70%～80%；双亲之一肥胖其后代肥胖发生率40%～50%；

双亲均正常其后代发生肥胖者仅 10%～14%，提示肥胖的发生具有明显的遗传倾向。

（4）继发性肥胖：由各种内分泌代谢病和遗传性疾病所致，占儿童肥胖症的 3%～5%，其不仅体脂的分布特殊，且常伴有特殊的外表或智能异常。

怎样判断儿童肥胖症

人体脂肪组织的增加包括脂肪细胞数量的增加和每个脂肪细胞中的脂肪含量增多（即体积增大）。正常出生体重的新生儿其脂肪细胞总数为成人的 1/4～1/5，在生长发育过程中，脂肪细胞数增加 4～5 倍。人体脂肪细胞数量的增多主要在胎儿出生前 3 个月、生后第 1 年和青春期三个阶段，若在这三个时期内摄入营养过多，即可引起脂肪细胞数量增多并且体积增大，此时引起的肥胖为多细胞性肥胖，因增加的细胞数量此后不会消失，仅脂肪细胞体积减少，因此治疗较困难且易复发；其他时期仅由脂肪细胞体积增大引起的肥胖，其数量增多不明显，故治疗较易奏效。由于肥胖小儿组织对胰岛素抵抗性增加，其血浆胰岛素浓度常增高，造成脂肪分解减少而合成增加，以及摄入食物增多；

当摄入糖类时，可刺激胰岛素分泌量明显增多。肥胖儿血清三酰甘油、总胆固醇大多增高，血生长激素水平减低。

肥胖可发生于任何年龄，其中以婴儿期、5～6 岁和青春期最多见，出现严重症状者多见于青少年期。小儿食欲极好、食量大，且喜食甜食和高脂肪食物。明显肥胖的儿童常有疲乏感，运动时易气短。严重肥胖儿可因脂肪的过度堆积而限制胸廓扩展和膈肌运动，致肺换气量减少，造成缺氧、气急、红细胞增多，心脏扩大或出现充血性心力衰竭甚至死亡，称肥胖性心肺功能不全。此外，肥胖小儿由于怕被别人讥笑而不愿与其他小儿交往，所以常有心理上的障

碍，如性情孤僻、不合群、自卑、胆怯等。

小儿皮下脂肪丰满，分布均匀，腹部膨隆下垂，严重肥胖儿胸腹、臀区及大腿皮肤出现白纹或紫纹；因体重过重，走路时两下肢负荷过度可致膝外翻和扁平足。女孩胸部脂肪过多应与乳房发育相鉴别，后者可触到乳腺组织的硬结。男孩因大腿内侧和会阴部脂肪过多，阴茎可隐匿在脂肪组织中而被误诊为阴茎发育不良。肥胖小儿性发育常较早，所以最终身高常略低于正常小儿。

血清三酰甘油、胆固醇大多增高，严重者血清 β 脂蛋白也增高；常有高胰岛素血症，血生长激素水平减低，生长激素刺激试验的峰值也较正常小儿为低。

小儿体重超过同性别、同身高正常儿均值 20% 以上者即可诊断为肥胖症，其中超过均值 20%～29% 者为轻度肥胖；超过 30%～39% 者为中度肥胖；超过 40%～59% 者为重度肥胖；超过 60% 以上者为极度肥胖。

儿童肥胖有什么危害

肥胖对儿童身心健康的危害主要表现在以下方面：

（1）肥胖儿童血脂高：肥胖儿童血脂明显高于正常儿童，而血脂紊乱是动脉粥样硬化的高危因素。

（2）肥胖儿童易患呼吸道疾病：肥胖儿童胸壁脂肪堆积，压迫胸廓，使胸廓扩张受限，顺应性降低，膈肌运动受限，影响肺通气功能，使呼吸道抵抗力降低。

（3）肥胖儿童易诱发脂肪肝：重度肥胖儿童脂肪肝发病率高达 80%，儿童肥胖是诱发脂肪肝的重要危险因素，高血压、高脂血症是肥胖儿童发生脂肪肝的危险信号。

（4）肥胖儿童易患消化系统疾病：肥胖儿童消化系统疾病的患病率是 15%，明显高于正常儿童（4%）。

（5）肥胖儿童的免疫功能低下：尤以细胞活性明显降低，因而易患感染性疾病。

（6）肥胖儿童有高胰岛素血症：肥胖儿童为维持糖代谢需要，长期被迫分泌大量胰岛素，导致胰岛分泌功能衰竭，引起糖尿病。

（7）肥胖儿童性早熟：肥胖儿童男性血睾酮含量及女性血清脱氢表雄酮硫酸酯含量明显高于正常儿童，体脂增多可引起肾上腺激素分泌量增多，使下丘脑对循环中性激素阈值的敏感性降低，出现性早熟。性发育提前可引起性意识，会较早产生对性的迷惑、恐惧、焦虑等不良心理状态，影响儿童学习和生活。

（8）肥胖儿童智商低：肥胖儿童的总智商和操作商低于健康儿童，其活动、学习、交际能力低，久而久之会出现抑郁、自卑，使儿童对人际关系敏感、性格内向、社会适应能力低，影响儿童心理健康。

怎样治疗儿童肥胖症

减少热能性食物摄入，增加机体对热能的消耗，使体内过剩的脂肪不断减少，从而使体重逐步下降。其中饮食疗法和运动疗法是两项最主要的措施，药物治疗效果不很肯定，只能作为一种辅助手段，外科手术治疗的并发症严重，不宜用于小儿。

由于小儿正处于生长发育阶段以及治疗肥胖症的长期性，提供的能量应低于机体的能量消耗，又必须能满足基本的营养和能量需要，故应给予低脂肪、低糖类和高蛋白食物。低脂饮食可迫使机体消耗自身的脂肪储备，但不可避免会同时促使蛋白质分解，故需同时供应优

质蛋白质，才能保证在减轻体重的同时肌肉组织不萎缩。糖类分解成葡萄糖后会强烈刺激胰岛素分泌，从而促进脂肪合成，所以必须适量限制。为了满足小

儿食欲，避免饥饿感，应选择体积大、饱腹感明显而热能低的蔬菜类食品，如萝卜、芹菜、青菜、黄瓜、番茄、莴苣等，其纤维还可减少糖类的吸收和胰岛素的分泌，并能阻止胆盐的肠肝循环，促进胆固醇排泄，且有一定的通便作用。培养儿童良好的饮食习惯对减肥具有重要作用，如戒除晚餐过饱以及吃夜宵的习惯；坚持少食多餐，不吃零食，细嚼慢咽。

适当的运动能促使脂肪分解，减少胰岛素分泌，使脂肪合成减少，并加强蛋白质合成，促进肌肉发育。但肥胖小儿常因动作笨拙而不愿锻炼，可鼓励参加既有效减肥又易于坚持的运动，如晨间跑步、散步、做操等，活动量以运动后轻松愉快、不感到疲劳为原则。如果运动后疲惫不堪、心慌气促以及食欲大增均提示活动过度。

应不断鼓励儿童坚持控制饮食及加强运动锻炼，增强减肥的信心。鼓励小儿多参加集体活动，改变其孤僻、自卑的心理，帮助小儿建立健康的生活方式，学会自我管理的能力。

苯丙胺类和马吲哚类等食欲抑制药以及甲状腺素等增加消耗类药物对儿童均应少用，因该类药物疗效不持久，且不良反应大。

孕妇在妊娠后期要适当减少摄入脂肪类食物，防止胎儿体重增加过重；母乳喂养儿发生肥胖者明显低于牛乳喂养者，所以应坚持母乳喂养；自婴儿期就应建立良好的生活方式，少吃零食，多参加户外活动；家长要克服"肥胖是喂养得法，越胖越健康"的陈旧观念，定期监测小儿体重，以免小儿发生肥胖症。

肥胖儿童如何均衡饮食

对单纯性肥胖的孩子，在膳食平衡上要注意以下几点：

（1）保证每天摄入蛋白质 1~2 克/千克，从而使蛋白质所提供的热能占一日总热能的 30%，比正常儿摄入量多 1 倍左右。这样，一方面在节食的情况下保证蛋白质的供给量，有利于儿童的生长发育；另一方面，由于蛋白质类食物摄入而使新陈代谢增快，消耗能量增高，从而使储存减少，体重降低。

（2）适当控制能量，临床主要应控制高脂肪、高糖食物（如油炸食物、奶油蛋糕、巧克力等）的摄入量。重度肥胖者摄入的能量应比同年龄的正常儿少30%，糖类如粗细粮食、薯类等占总热量的40%～45%（正常儿为50%～60%），食油不超过10～15克/天。

另外，对每天的饭量还应适当控制。

（3）多吃含纤维素多而能量低的蔬菜。蔬菜的量可比正常儿增加1倍左右，并应采用多种品种，如炒三丁（甜椒、胡萝卜、土豆）、芹菜、萝卜、竹笋和含糖低的水果，如生梨、西瓜、番茄等。同时应多吃蔬菜膳食，因为其含纤维素丰富，

可抑制胃的排空，使吸收减少，同时又可使小儿有饱食感，不致因节食而感到饥饿。

如何培养肥胖儿童良好的饮食习惯

父母不仅应帮肥胖儿童减肥，更要帮助他们养成一个良好的生活习惯。

（1）为孩子树立好榜样。父母的一举一动都会成为孩子模仿的对象，所以父母应该改变自己多食和不喜欢运动的生活方式，甚至逐渐改变口味。例如，尽量少食用脂肪含量高的食物，而多吃蔬菜和水果。

（2）创建良好的生活模式。创造全家一起运动的机会，比如晚餐后散步。另外，切不可一边看电视一边吃饭，父母应控制孩子的饭量，避免他们进食过多。

（3）肥胖儿童要减少甜饮料的饮用。

（4）适当禁止甜食和快餐。应该减少其在饮食中所占的比例，不要过分限制饮食总量，以免影响儿童的正常发育。

（5）培养细嚼慢咽的饮食习惯，纠正狼吞虎咽的进食方式。因为短期内进食大量食物，既增加胰岛素的分泌，产生高胰岛素血症，又会促使食欲更加旺盛，加重肥胖。正如俗话所说的"越吃越馋"。

（6）控制孩子乱吃零食的不良习惯。在无饥饿感及临睡前不吃任何有热能的食物，尤其是临睡前所摄入的食物，通常是储存多而消耗少更易转化为脂肪。

为什么肥胖儿童要尽量吃"腿少的"

儿童需要摄入多不饱和脂肪酸（主要是亚油酸）至少不低于总热量的1%，才能保持正常生长。因此，家长在给肥胖儿搭配膳食时，可以适当提高蛋白质含量，减少脂肪、糖的含量，肥胖儿脂肪供能不应低于总能量的20%，同时应适当增加含多不饱和脂肪酸食物的摄入，减少含饱和脂肪酸的摄入。

大豆和谷物等植物油及海鱼、淡水鱼等鱼类食物含多不饱和脂肪酸较多，鸡、鸭、鹅等禽类次之。食物中胆固醇含量的高低也是影响肥胖的因素，但在上述食物中胆固醇的含量恰恰与不饱和脂肪酸含量相反，所以，搭配膳食时应记住"四条腿的食物不如两条腿的食物，两条腿的食物不如无腿的食物。"

当然，要完全控制体重的过度增长，减少皮下脂肪积聚，光靠调整饮食是不够的，还必须改变不良生活习惯，增加适当运动等综合防治措施，才能收到良好的效果。

肥胖儿童运动的原则是什么

运动减肥是通过体育活动的方式，消耗体内多余的能量，促进基础代谢的提高和改善脂肪的氧化。运动疗法和饮食疗法相互配合可发挥明显效果，单独使用运动疗法减轻体重是非常困难的，特别是对儿童来说就更为困难。

肥胖儿童应怎样进行运动呢？一般应严格遵守循序渐进的原则，像食物疗法一样分阶段进行。不能要求肥胖儿童从不爱活动或很少活动的状态，立即转变到大强度的体耗状态，这是绝对禁止的。

　　儿童的体育疗法一定要在医生的指导下进行，决不能自作主张。因为不合理的运动强度要么太轻，起不到作用；要么过大，使心血管系统和自主神经系统功能失调，进而引起危害性的并发症。

　　在运动项目的选择上，应以一些不以双足为支撑点的运动为宜，如坐着或躺着做操、游泳、划船、骑自行车等，溜冰或郊游也是很好的项目，大一些的孩子可以每日跑步锻炼。不过，一定要有经医生认可的综合性锻炼计划，并做到持之以恒。

　　除上述体育活动外，日常生活中把拖地、叠被铺床、刷洗餐具等家务劳动作为身体锻炼的内容，这更是肥胖儿童运动减肥的合适内容。

　　运动疗法必须与饮食疗法相配合，因为运动后孩子的食欲会增加，但不能放任其多吃主食，两种疗法要有机地结合起来，才能显现其运动减肥的功效。

如何激发肥胖儿童的运动兴趣

　　根据孩子的运动心理过程：运动知觉、建立表象、形成形象思维能力、产生情感、培养意志品质，注重在运动处方内容设计上下工夫，逐步以趣味性运动处方适应其个性心理特征，引导孩子参与并热爱运动。

　　（1）变换练习法：在一定目标（如运动素质目标和运动强度目标）前提下，运用不同方法、手段和形式，使孩子对运动处方产生更强烈的运动兴趣。例如将速度素质练习（运动强度150～160次/分）变成行进间高抬腿跑、变速跑、追逐跑、下坡跳、一级一级跑台阶、计时跑等，既有利于孩子学习多种练身方法，又调动了孩子参与运动的积极性。

　　（2）创设情境：针对孩子兴趣广泛、模仿力强、活泼好动的特点，教师和家长可创设各种不同的情境，如故事情境、语言情境、场地情境及想象情境，通过音乐的渲染、语言的描绘等多种形式，让孩子入景动情，照理知味，引导孩子兴趣指向运动处方内容，提高实施运动处方的效率。

（3）充分运用新器材：一件新生事物出现必然引起许多人的关注，孩子对新的体育器材更会产生浓烈的兴趣，"呼啦圈""溜溜球""弹跳器"曾倍受孩子们的青睐。为最大限度调动"肥胖儿"的积极性，经常购置价廉物美的小型运动器材，既可丰富运动处方的内容，又可进一步激发肥胖孩子参加运动的热情。

（4）传统素质练习与体育游戏、活动相结合：传统素质练习的练身价值虽然非常明显，但显得枯燥、乏味，易使学生疲劳，不能长久坚持。为扬长避短，在运动处方中，采用传统素质练习与趣味性体育活动和游戏相结合，既充实了"运动处方"内容，更提高了肥胖儿参与运动的积极性。

如何用厌恶法治疗儿童肥胖症

近年来，随着生活水平的不断提高，肥胖儿童随处可见。肥胖儿童除了要限制食量以外，还要限制与吃有联系的各种条件暗示，不要让肥胖儿童参加各种菜肴丰盛的酒席、宴会。特别要注意控制甜食的摄入，对某种食物特别偏爱的儿童，可采用厌恶疗法。

比如，家长要反复告诉肥胖儿童："吃甜食可以使你的脂肪增厚，使你更加发胖，你会变得既不灵活又很难看，会被同学取笑，还容易生病。"要求肥胖孩子在想吃甜食的时候，马上想像自己又胖了，更难看了，又有同学取笑了，多难受……经过多次实施，使肥胖儿童建立起"一见甜食就厌恶"的条件反射。

还可以让肥胖儿童记减肥日记，定期称体重，制定自我奖励标准。如果体重减轻了，家长就按照标准进行奖励，但是这种奖励一定不能与饮食有关。

肥胖儿童原则上尽可能不用药物治疗，但对于特别肥胖的儿童，不论服中药还是西药，都应在医生的指导下使用，以免出现不良反应。

预防儿童肥胖有何对策

5 岁前发胖的儿童，长大后患肥胖症的概率要增加 2 倍。肥胖儿童极其容易遭受高血压、冠心病、糖尿病等疾病的侵袭、肥胖儿营养素缺乏突出……专家提出了预防儿童肥胖的对策。

首先，要争取所有家庭成员的支持，尤其是要得到祖辈人的支持。父母一边督促孩子减肥，爷爷奶奶或者外公外婆在背后给孩子补充营养，甚至对父母的做法直接予以否定，那么，减肥之路必定阻力重重。

肥胖的孩子大多酷爱喝可乐、雪碧等碳酸饮料，这些饮料含糖多、含热量高，喝多了，宝宝容易发胖。因此，控制宝宝喝碳酸饮料是帮助宝宝减肥的重要途径。平时，妈妈应尽量用不含糖的果汁和清水来代替。在吃饭前，妈妈让孩子喝点果汁，一杯果汁进肚，小小的胃容量也就不多了。

肥胖的孩子大多都喜好吃肉，而不喜欢吃蔬菜，这使得肥胖宝宝的某些营养缺乏很严重。因此，父母应逐渐培养孩子什么都吃的好习惯。孩子的饮食习惯很少是天生的，多半取决于后天父母的榜样。如果你告诉孩子某样食物既营养又美味，而自己每回都躲得远远的，反而会让孩子对它更加反感，从而引起宝宝的偏食。因此，父母在设法让孩子多吃蔬菜的时候，自己也要做好榜样。

在幼儿园里，孩子们按时吃饭，而且妈妈反复向老师交代，孩子吃得差不多了就不用给了。在家里，妈妈也应该注意这一点，不要看到孩子喜欢吃什么就无限量地让孩子吃，以免把孩子的胃撑大了，这样会使孩子吃得更多。一般两顿饭的间隔可以让孩子吃些水果，免得到了吃饭时，孩子由于饥饿吃得过多。

吃饭的时候，电视里放的大多是卡通片，因此，为了让孩子安静、顺利地吃饭，父母就让孩子边看电视边喂饭，但是这样做并不好，很容易导致喂饭过多。

为了防止继续胖下去，全家人都应调动孩子的积极性，陪他在小区里散步或做其他运动。专家认为，要克服孩子的惰性，应该是鼓励而不是强迫孩子进行体育锻炼。如果孩子不喜欢跑步，那么就教他打球或做游戏。如果孩子不喜欢一次做 40 分钟的运动，那么一天运动 4～5 次，每次 10 分钟，也能达到健身的效果。

儿童减肥如何避免误区

误区之一：饥饿减肥法。不能靠饿着来减肥或控制体重，这样会严重影响孩子的身心发育，甚至造成厌食、营养不良等严重后果。

误区之二：服用减肥药品。所有的减肥药品不可能是没有不良反应的，特别是不能用在未成年人身上。减肥药不但会伤害孩子的胃、肝等内脏器官，还会影响孩子的生长发育，而且容易反弹。

误区之三：手术吸除脂肪。一说到手术，必定存在风险。下面这组数字就让人瞠目结舌。据报道，科学家在对 1.615 5 万名各种减肥手术患者进行调查后发现，在 35～44 岁的年龄段中，超过 5% 的男性和近 3% 的女性在术后 1 年内死亡；在 45～54 岁的人中，死亡率稍高一些；在 65～74 岁的人中，约有 13% 的男性和 6% 的女性死亡；而在 75 岁以上年龄段者，有半数的男性和 40% 的女性死亡。以上还是成年人，更何况孩子呢？

三、儿童高血压

什么是儿童高血压

一般人认为，高血压是成年人的常见病，殊不知，此病并非成人的专利，也同样发生于儿童，而且很多成年人的高血压往往是儿童期高血压发展而来的。由于社会的发展、大自然的变化、人们观念的改变、膳食结构失调等诸多因素，儿童高血压有逐年增高的趋势。美国的一项流行病调查显示，儿童高血压的发病率为 3%。在我国城市进行的 6～18 岁的少年患儿童高血压的调查数据与美国基本相同，即每 100 个孩子中有 3 个患有高血压。由于小儿高血压临床症状不明显，在临床上并没有引起足够重视，使很多小儿高血压漏诊，这些儿童就是成人原发性高血压的危险人群。

儿童血压与年龄有关，不同年龄的儿童血压正常平均值可用公式推算，收缩压（毫米汞柱）= 80 +（年龄×2），舒张压为收缩压的 2/3。临床上判断儿童血压标准的正常最高限如下：①<6 岁：血压<110/75 毫米汞柱（14.17/10.10 千帕）；②6～9 岁：血压<120/80 毫米汞柱（16.10/10.17 千帕）；③10～13 岁：血压<110/75 毫米汞柱（16.17/11.18 千帕）；④10～13 岁：血压<130/90 毫米汞柱（17.13/12.10 千帕）。如儿童血压连续 3 次超过上述标准，就应该考虑血压异常升高。

儿童高血压到底有多可怕

目前，儿童和青少年高血压存在诊断率不高，仅有 1/4 的患儿得到确诊。美国波士顿儿童医学中心称，儿童和青少年高血压前期获得诊断者更少。他们查阅了自 1999 年 6 月到 2006 年 9 月的病历，研究了 14 187 名 3～18 岁的患者，均证实儿童高血压的诊断率很低。

轻度儿童高血压虽然在相当长时间内可能会无任何症状，但它能慢慢地损害血管、心脏、肾脏和大脑，患病儿童绝大多数在成年后会被高血压病所困扰，如造成心脑血管疾病、肾脏损害、糖尿病，有人甚至会在没有任何不适的情况下出现血管堵塞、破裂或心脏病突发而猝死。

儿童高血压除了知晓率极低以外，也不像成年人高血压那样被医生重视。因为儿童不会或很少能正确诉说症状，所以在日常门诊中，很少有医生会测量儿童的血压，这就使很多儿童高血压患者被漏诊或误诊。

儿科的常规体检中应该包括测量血压，尤其是有高血压家族史的儿童，从新生儿时期就应该注意监测血压。3 岁以上儿童应该经常测量血压，3 岁以下儿童在下列情况下也应该测量血压。①早产或者出生时体质太弱的孩子，如有低出生体重或者其他新生儿期需重症监护合并症史；②有先天性心脏病的孩子；③反复泌尿道感染，有血尿或者蛋白尿者；④有先天性肾脏疾病家族史的孩子；⑤实体器官移植或骨髓移植的孩子；⑥使用对血压有影响的药物进行治疗的孩子；⑦其他伴随高血压的全身疾病（如神经纤维瘤、结节性硬化等）的孩子。

一般说来，120/80 毫米汞柱这个指标在临床应用中可算得上是一个分水岭，低于 120/80 毫米汞柱基本安全，高于 120/80 毫米汞柱而低于 130/90 毫米汞柱则应加强监测，如果连续 3 次测量孩子的血压都超过 130/90 毫米汞柱，那么这个孩子就可能患有儿童高血压。

儿童高血压的诊断和分期标准与儿童的年龄、性别及身高、体重等指标密切相关，不可一概而论，必须由医生根据其年龄、性别、身高、体重的情况才能做出明确诊断。家长可不能在家里随便给孩子量一次血压就给他扣上"高帽子"。

儿童高血压如何分类

儿童高血压同成人高血压一样，也可分为原发性高血压和继发性高血压两类。

儿童原发性高血压：发病因素很多，包括遗传、体型、钠盐的摄入量、种族倾向、环境及精神因素等。

儿童继发性高血压：占儿童高血压的大部分，其病因是多种多样的。其中以肾脏实质性疾病最为常见，包括各种泌尿道畸形等。肾动脉狭窄也可引起严重的高血压。此外，心血管系统疾病，如主动脉狭窄、大动脉炎，内分泌系统疾病如肾上腺疾病，包括皮质醇增多症等及神经系统疾病均可导致高血压。

儿童高血压有何临床表现

儿童早期高血压往往无明显的自觉症状，当血压明显升高时，会出现头痛、头晕、眼花、恶心、呕吐等症状。婴幼儿因不会说话，常表现烦躁不安、哭闹、过于兴奋、易怒、夜间尖声哭叫等。有的患儿体重不增，发育停滞。如孩子血压过高，还会发生头痛、头晕加剧，心悸气急，视力模糊，抽搐，失语，偏瘫等高血压危象。脑、心、肾等脏器损害严重时，会导致脑卒中、心力衰竭、尿毒症等，危及生命。

继发性高血压儿童除有上述表现外，还伴有原发病的症状，如急性肾小球肾炎的患儿，在血压升高的同时，有发热、水肿、血尿、少尿、蛋白尿等。嗜铬细胞瘤的患儿除血压升高外，还有心悸、心律失常、多汗、手足厥冷等症状。肾动脉狭窄、多囊肾等在婴幼儿期即可引起高血压，患儿常表现发热、咳喘、水肿、苍白、乏力等，最终出现心力衰竭，常被误诊为心脏病。

造成儿童高血压的常见原因有哪些

（1）某些疾病：如患肾炎、多囊肾、嗜铬细胞瘤等疾病。肾炎或多囊肾会使肾脏分泌肾素增多，肾素经过代谢变成血管紧张素，它的作用是升高血压。如果得了嗜铬细胞瘤，肾上腺素与去甲肾上腺素会大量增加，血压就会猛烈上升。

（2）遗传因素：高血压患者的后代患高血压的概率是血压正常人后代的5倍。他们有的虽然平时血压不高，但在精神紧张或剧烈运动时，血压上升的幅度会明显超过其他儿童。

（3）肥胖症：身体肥胖超重儿童血压偏高者明显超过正常儿童，超重儿童高血压的发生率为正常儿童的3倍。

（4）饮食失调：在调查中发现60%～70%的儿童长时间摄入高盐、高糖、高脂肪、低钙、低镁、低维生素和纤维素食物。这种"三高三低"的食谱，是儿童患高血压的危险因素之一。

（5）学习紧张、缺乏运动：长时间久坐学习，造成精神紧张，容易引起儿童内分泌功能失调，从而导致血压升高。

为了早期发现血压偏高的儿童，6岁以上的儿童应每年测量一次血压，每次测量需测3次，取其平均数记作这次的血压值。儿童时期正常血压的最高值是：6岁以前：80/50毫米汞柱，以后每增长1岁收缩压和舒张压各增加2毫米汞柱，14岁时已与成人接近，最高值为120/80毫米汞柱。当确诊为高血压时，应该抓紧检查与治疗，千万不可忽视。合理调节饮食、保证足够的睡眠时间、减轻学习压力、增加户外活动时间等是预防儿童高血压的有效措施。

高血压的潜伏期特别长，在儿童时期症状较少或没有症状，是家长容易忽视的主要原因。而且，小儿高血压在临床上并没有引起足够重视，很多医院尤其是基层医院，在日常门诊中很少给儿童测量血压，使很多小儿高血压漏诊。要注意的是，不同年龄小儿血压计的袖带宽度是不同的，儿童血压计的袖带宽度应为上臂长度的 2/3（一般袖带宽度 1 岁以下为 2～5 厘米，1～4 岁为 5～6 厘米，5～8 岁为 8～9 厘米，成人为 12～15 厘米）。

儿童高血压如何检查

为了早期发现血压升高，应从儿童开始，每年检查一次血压，做到早发现，早治疗，并采取保健措施，预防并发症的发生。肥胖儿童要适当控制饮食，限制食盐摄入量；少年儿童不吸烟，不喝酒，少吃或不吃动物脂肪，多吃新鲜蔬菜、水果，并积极参加体育锻炼，保持乐观情绪等。

儿童高血压的实验室检查可分为两部分。

（1）常规检查。①血常规：检查的目的是排除贫血和铝中毒。②尿常规：检查内容主要有尿比重，尿糖和尿培养。③肾功能检查：主要内容有血肌酐，尿素氮及尿酸。④其他检查：如检查血脂和电解质。

（2）特殊检查。在疑有其他原因引起高血压时进行这方面的检查。①血和（或）尿儿茶酚胺水平：可鉴定是否有嗜铬细胞瘤。②静脉尿路造影或肾图：可检查是否有肾动脉狭窄。③腹部B超：可以发现有无肾脏畸形。④血浆醛固酮水平：可以发现原发性醛固酮增多症。

超声心动图检查对心脏血流动力学的改变很有帮助，由于高血压早期心排血量增加，周围血管阻力正常，它还可动态观察心脏的病变。

如何治疗儿童高血压

（1）非药物防治。减少盐的摄入，控制体重，多吃富含钾的食物。避免生活节奏紧张，学习负担过重，环境嘈杂等易影响高血压发生发展的因素。

（2）药物降压治疗。在具体实施时，首先通过各种检查排除继发性高血压，选择降压药物时应按以下原则进行：①应根据各种降压作用的机制，在不同类型的高血压病人中有针对性地选择疗效高、毒副作用小的药物。②血管扩张药和利尿药虽能降压，但久用利尿药可引

起肾素增高，久用血管扩张药易引起水钠潴留，这是降压药物联合应用的基本原理。因此，对高肾素性高血压应联合应用能抑制肾素的药物。③联合用药愈来愈被重视，尤其在治疗重症和高血压危象发作时，可以提高疗效，防止耐药，尚可减少用药量和减少毒副作用。④避免同时使用几种同类的药物，如呋塞米和氢氯噻嗪，利舍平和甲基多巴等。⑤根据血压升高的程度，轻度可选用利尿药（低肾素型）或β-受体阻滞药（高肾素型）；中度可选用利尿药加β-受体阻滞药或甲基多巴，亦可加用血管扩张药；中度以上的高血压选用利尿药和β-受体阻滞药及强作用的血管扩张药。

（3）治疗原发病：治疗原发病是继发性高血压的病因治疗，不可忽视。如对主动脉缩窄、肾动脉狭窄可进行经皮球囊导管血管腔内成形术治疗。对肾胚胎瘤、嗜铬细胞瘤、颅内肿瘤、神经母细胞瘤需采用手术摘除肿瘤。总之，要针对引起儿童高血压的病因进行治疗，才能收到满意的效果。

为什么儿童也要预防高血压

高血压是成人的常见病，但近年来儿童高血压的患病率也在逐年升高，另有研究发现成人高血压患者在其儿童时期已存在高血压的高危因素，如肥胖、不健康饮食等，尤其当6～9岁儿童血压≥122/78毫米汞柱，10～12岁儿童血

压≥126/82毫米汞柱，其成年后患高血压的概率大大提高。

预防高血压要从现在社会中生活条件优异的孩子抓起。世界卫生组织认为，在儿童中采取预防性措施，与在成人中进行原发性高血压一级预防是完全一致的。全社会要提高对测量儿童血压重要性的认识，学校和医院要把测量血压作为青少年常规身体健康检查项目之一。

（1）减肥：随着生活水平的提高以及饮食结构的改变，我国儿童肥胖的发生率上升到约为 7%，已成为人们关注的社会现象。体重与血压直接有关，肥胖者高血压病发病率比正常体重者高 3 倍以上。预防及治疗高血压病首先都应减肥，必须在增加运动量的基础上进行饮食结构的调整。

（2）控制饮食：肥胖儿童每日摄入热量不应超过 5 300 千焦。提倡食用富含膳食纤维的食物及粗粮等低热量食物，如胡萝卜、芹菜、梨等；少吃高热量的食物如冰淇淋、汉堡包及巧克力等。

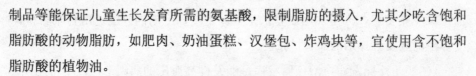

（3）调整饮食结构：多食用动植物蛋白质如鸡蛋、瘦肉、鱼、豆制品等能保证儿童生长发育所需的氨基酸，限制脂肪的摄入，尤其少吃含饱和脂肪酸的动物脂肪，如肥肉、奶油蛋糕、汉堡包、炸鸡块等，宜使用含不饱和脂肪酸的植物油。

（4）高钙、高钾，低钠盐：钠盐摄入增加 2 倍，高血压病的发病率亦增加 2 倍，尽量少吃咸菜、豆腐乳、咸肉等腌制品；每天补充足够的钙质可预防高血压，牛奶、核桃、虾皮等均富含钙质；钾可拮抗高钠食物引起的高血压倾向，故应多进食富含钾的食物，如香蕉、橘子、紫菜、黑木耳等。

（5）充足的维生素及微量元素：如维生素 C、维生素 E、B 族维生素及锌、镁、硒等微量元素可预防高血压病及冠心病，广泛存在于如西红柿、油菜及苹果、山楂、小麦胚芽、花生等食物中。

（6）增加活动：运动有利于多余热量的消耗，使新陈代谢良性循环，孩

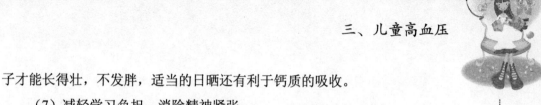

子才能长得壮，不发胖，适当的日晒还有利于钙质的吸收。

（7）减轻学习负担，消除精神紧张。

（8）有高血压家族史的孩子应定期检测血压，若发现血压有偏高的迹象，应即刻采取治疗措施。同时，还要注意防治引起继发性高血压的一些疾病，如急性肾炎等。

对于已经发生高血压的儿童，应该在医生指导下进行治疗，有些只需要调整饮食、控制体重，血压就可下降，有些则需要药物治疗。

四、儿童高脂血症

儿童会不会发生高脂血症

小儿的血脂代谢与正常成人有所不同。同样，小儿的血脂代谢紊乱也有其特点。原发性小儿血脂代谢紊乱主要是由于先天性基因缺陷所致，例如家族性血脂代谢异常、多基因高胆固醇血症。虽然部分家族性高脂蛋白血症在儿童和青少年时期未表现出来，但严重性缺陷（包括载脂蛋白、脂蛋白受体和脂蛋白代谢酶类的基因缺陷）所引起的脂蛋白代谢紊乱，常在儿童时期被检出。

继发性高脂血症在儿童发生的可能性相对更大，所以凡是血浆低密度脂蛋白胆固醇＞3.4毫摩尔/升，都应注意排除继发性高脂蛋白血症的可能。临床上可引起继发性高脂蛋白血症的原因很多，而常见的原因是肥胖和肾脏疾病。

什么是儿童高脂血症

儿童高脂血症是指血液中一种或多种脂质增高（如胆固醇、三酰甘油等），并由此引起的一系列临床病理表现的病症。随着生活水平的逐步提高和医疗卫生知识的普及，多数人已知道儿童高脂血症的危害性。

高脂血症发生年龄已越来越年轻化，儿童高脂血症的发生率也有逐年增高的趋势。正常儿童1～2岁时血胆固醇＜5.12毫摩尔/升，三酰甘油＜1.58毫摩尔/升；2～20岁血胆固醇＜5.82毫摩尔/升，三酰甘油＜1.58毫摩尔/升。当血浆胆固醇或三酰甘油含量高于正常时，分别称为血胆固醇或三酰甘油过高症。几种血脂成分不同比例地增高统称为高脂血症，儿童高脂血症以2型和4型多见。其原因与遗传、摄入脂肪、糖类过多和肥胖等有关。

儿童高脂血症，往往是在体检测定血脂时才发现的，多见于：①肾病综合征；②肥胖症；③肝脏疾病；④脂肪代谢性疾病。一般容易被忽视。由于高脂血症是引起中老年人冠心病和脑血管疾病最危险的致病因素，而成人高脂血症往往是从儿童期发展而来的。因此，及早发现儿童高脂血症，进行早期预防和治疗，已成为现代儿童保健的重要内容之一。合理的饮食结构，适当的体育活动是预防高脂血症的关键。对单纯胆固醇增高的儿童应限制食入高胆固醇食物，相应增加植物油的摄入，多吃水果、蔬菜、豆制品等。必要时也可以用降脂药物。

儿童高脂血症是一个重要的社会问题。单纯肥胖症合并高脂血症是典型的生活方式疾病，是医学模式转变的一个重要领域。医务工作者必须重视这部分患者，对其采取生活方式、饮食结构、运动等外在因素的干预措施。

为什么儿童也会有高脂血症

近年来，高脂血症并非老年人的"专利"，7～10 岁的儿童中有 9%～20% 患有高脂血症。

儿童患高脂血症，主要是不合理的饮食习惯造成的。调查发现，有些儿童摄入富含脂肪的食物，如动物内脏、鸡蛋以及煎、炒、油炸食品，很少或不吃蔬菜。另外，麦当劳、肯德基大多是高脂肪食物，很受儿童喜爱，有些儿童经常光顾。还有一些家长一方面对孩子增加营养，另一方面限制儿童的活动，使他们大部分时间用在学习上，户外活动减少造成体重不同程度地增加，从而引起高脂血症。

一般认为，成人的高脂血症往往是从儿童期发展而来的，而高脂血症是引起中老年人冠心病和脑血管疾病最危险的致病因素。因此，及早发现儿童高脂血症，进行早期预防和治疗，已成为儿童保健的重要内容之一。父母患有高脂血症，其子女应定期检查血脂，如果发现血脂水平持续偏高，应列为重点防治对象。因此，防治儿童高脂血症应从合理饮食和适量运动抓起。

合理饮食是治疗高脂血症的基础，它不仅能降低血脂，而且能使患儿得到足够的营养。首先应限制含胆固醇量高的食物，少吃动物内脏和蛋黄等食物，适当摄入一些胆固醇含量低的动物性食物如鱼类、牛奶、鸡肉和瘦肉等，以保证儿童生长发育所需要的蛋白质和必需的

营养素。其次，应限制动物性脂肪，适当增加植物油，以降低血液中的胆固醇水平。第三，多吃蔬菜和水果，尤其是具有降低胆固醇作用的食物，如大豆、豆制品、洋葱、大蒜和木耳等。

儿童每天要有一定量的活动，锻炼可增加热能消耗，防止体脂和血脂增高，还能提高血液中高密度脂蛋白的含量。高密度脂蛋白是一种能对抗动脉粥样硬化的脂蛋白，它能不断地把血管壁上的胆固醇运送到肝脏进行代谢，以减慢或防止动脉粥样硬化斑块的形成和发展。

此外，吸烟的家长应主动戒烟，以免孩子被动吸烟而引起或加重高脂血症。

儿童高脂血症的影响因素有哪些

儿童高脂血症主要是经济收入高促进生活水平提高而导致出现不良的饮食结构和生活方式、运动量少等外在因素的影响。

（1）营养过度与儿童高脂血症：中国学生营养与健康促进会、中国疾病预防控制中心营养与食品安全所 2007 年 5 月 19 日在京联合发布《中国不同家庭收入学龄儿童少年营养与健康状况》蓝皮书。蓝皮书以卫生部、科技部和国家统计局组织开展的全国 2002 年中国居民营养与健康状况调查数据，将 6～17 岁学龄儿童少年划分为不同家庭收入组，进行营养与健康状况分析。表明

随着家庭经济收入的增加儿童少年膳食质量和营养与健康状况明显改善，同时也存在不同的营养与健康问题。营养专家指出，随着家庭经济水平的升高，儿童、少年脂肪和蛋白质供能比逐渐增加。总之，人们享用高糖、高蛋白、高脂肪的食物导致营养过度，从而产生大量的热能，根据糖代谢、蛋白质代谢、脂肪代谢的机制，这些热能一部分消耗在代谢过程中，过多的糖类、蛋白质、脂肪会转化为脂类物质，如果消耗减少，就会积累起来，进而产生肥胖合并高脂血症。

（2）不良的饮食习惯：是导致儿童高脂血症的重要原因，最突出表现为①喜食甜食、油腻食物。②喜喝稀汤、饮料，不愿食纤维素多的食物。③暴饮暴食，经常吃零食。④夜间进食或食夜餐。⑤过早地饮酒。⑥饮后静卧，缺乏运动。

（3）健康行为偏差与儿童高脂血症：①体育运动可加强能量消耗。特别是有氧的户外运动，能促进基础代谢的提高和改善脂肪的氧化，运动不足使脂肪累积难于氧化。随着家庭收入的增加，儿童、少年身体活动不足，静态活动包括看电视、阅读、玩电子游戏的时间呈增高趋势。可见运动不足导致儿童高脂血症是重要因素之一。②当今世界各地膳食结构各不相同。第一种类型是经济发达国家模式，属高热能、高脂肪、高蛋白的营养过剩类型。这种膳食结构后果是引起肥胖症、高血压、冠心病、糖尿病等高发。第二种类型是东方膳食型。第三种类型是日本模式。随着国家经济建设的发展及家庭收入的提高，膳食结构已大大改变，经济发达地区的膳食结构已基本接近第一类型的经济发达国家模式。

（4）其他因素：地方性饮食习惯，如广东珠江三角区的人们喜欢甜食、潮山客家地区的人们喜欢咸食。有的国民刚摆脱贫困进入小康时期，普通居民特别是农村对肥胖、高脂血症的疾病了解不多，甚至不认识。旧观念认为吃得多是福气，肥胖是健康；主张孩子吃得越多越好，越肥胖越健康；所以不加控制、肆意进食，从而导致儿童高脂血症等。

如何饮食调治儿童高脂血症

从儿童时期调节血脂水平，有助于预防动脉粥样硬化，降低冠心病等心、脑血管疾病的发病率。已知采取低脂肪、低饱和脂肪酸和低胆固醇饮食，可使大部分成人的血清胆固醇和低密度脂蛋白-胆固醇水平降低。也有研究证实这几种饮食对于高胆固醇血症的少年儿童亦有较好的效果。但是，长期采用这种饮食治疗是否对少年、儿童的生长发育产生影响，尚无定论。美国国立心肺血液研究院组织实施了"儿童饮食干预研究"，对 8～10 岁的儿童进行了 3 年的观察，结果显示效果良好，且对儿童的生长发育无不良影响。

饮食治疗方案可参照以下规定制定：

（1）总脂肪量度：少于总热量的 30%。

（2）饱和脂肪酸：少于总热量的 10%。

（3）多不饱和脂肪酸：占总热量的 10%以上。

（4）单不饱和脂肪酸：占脂肪产热量的剩余部分。

（5）胆固醇：每日小于 300 毫克。

（6）蛋白质：占总热量的 15%～20%。

（7）糖类：大约占总热量的 55%。

（8）总热量：要求能够促进正常发育，维持理想体重。

必要时饱和脂肪酸摄入进一步减少至总热量的 7%以下，胆固醇摄入＜200 毫克/日，同时确保足够的热量、维生素和矿物质摄入。

如何预防儿童高脂血症

（1）合理膳食：2 岁以下婴幼儿因生长发育迅速，需要摄入较高的热量，可以不去限制脂肪和含胆固醇食物的摄入量。3～5 岁儿童应注意适当控制饮食中脂肪供应的热能，小于或等于总热能的 20%。同时注意食物的多样性，除主食外，增加水果、蔬菜的摄入量，以提供全面营养素，保证正常生长发育及理想体重。6～12 岁儿童着重在培育良好饮食习惯，一日三餐定时定量，做到平衡膳食，不偏食，少吃零食，餐间吃些水果为佳。12～18 岁青少年处于人生第 2 个快速发育期，此期营养应丰富和全面，但要注意限制饱和脂肪酸（动物油脂中含量高）和胆固醇的摄入。一般应将饱和脂肪酸的摄入比控制在 10% 以内，胆固醇摄入量＜30 毫克/日。有专家曾做了为期 3 个月的膳食干预实验，主要从控制脂肪和胆固醇的摄入量两方面入手，实验中将孩子膳食中脂肪所占热量降至 30% 以下，胆固醇值则低于上限值。结果干预组血脂水平显著下降，这充分说明膳食结构的改变，饮食上的控制可有效降低血脂。而高脂血症本来就是由不合理膳食结构引起，所以饮食预防是最重要的。平常注意让孩子少吃高糖、高脂、高胆固醇的食物，比如蛋黄、肝、肾以及油炸食品，多吃蔬菜、水果、豆制品、鱼类等。蔬菜、水果富含维生素、矿物质和膳食纤维。流行病学资料表明，多吃这些食物的人群血脂水平显著低。而有些儿童挑食，不爱吃蔬菜、水果……这样他们不仅瘦弱，而且有些儿童血脂偏高。研究表明，多食植物蛋白质，尤其是大豆蛋白有明显降低血脂的作用。而鱼肝中富含 EPA（二十碳五烯酸）和 DHA（二十二碳六烯酸），EPA 和 DHA 可降脂。爱斯基摩人心肌梗死和冠心病发病率远较西欧人低，就是因为其饮食以鱼类为主。

（2）适当体育活动：除了合理膳食外，参加适当的体育活动也是不可缺少的有效手段。体育活动是增加能量消耗、防止脂肪积累的有效途径。体育锻炼除了保证时间

外，还应该保证运动强度，一般以能使人刚刚出汗为宜。

（3）培养良好的饮食习惯：每日三餐要定时定量，防止暴食暴饮；三餐

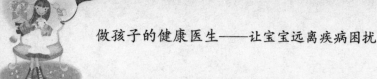

热能分配应以早餐占全日的 30%、中餐占 40%~45%、晚餐占 25%~30%为宜。进食速度不要过快，不应狼吞虎咽，要细嚼慢咽。少吃零食和糖果。

（4）不提倡预防性服用降脂药：但如果孩子的血脂过高，也可服用一些胆酸螯合剂类的药物，比如考来烯胺、考来替泊，同时要辅助饮食治疗。

儿童是祖国的未来，他们的健康关系着国家的前途。我们应为他们的成长做些什么呢？希望大人关心他们学习成绩的同时，也关心他们的身心健康。

五、儿童近视

什么是儿童近视

儿童看书、写字时眼睛并不感到困难，而对黑板上的字和远处的景物却看不清楚，这是由于当儿童的眼睛不进行调节时，从远处景物反射的平行光线进入儿童眼内之后，不能落到视网膜上，而在视网膜前面形成焦点，所以在视网膜上不能形成清晰物像，景物离眼越远，反射入眼内平行光线的焦点离视网膜越远，就越看不清，景物离眼近时，由于景物反射到眼内的光线发散，物像可以落到视网膜上，所以就能看清。我们把眼睛的这种改变叫做近视眼。

遗传因素是高度近视的主要发病原因。我国高度近视眼的发生为常染色体隐性遗传，即父母双方均为高度近视者，子女 100%为高度近视；父母一方为高度近视者，子女 50%为高度近视；但也有的表现不完全。环境因素如长期看近也是引起近视的一个原因，但在高度近视的病因中不起主要作用。

研究发现，在有遗传近视家族史的 100 例儿童中，67%是在 10 岁以前发病的。专家从诊治的上千份病历统计中观察到：儿童在 5～10 岁发生近视、散光的，他们的父母一方或双方多有近视、弱视、散光等眼病。

为什么我国近视儿童越来越多

在儿童生长发育的加速期，特别是 7～9 岁和 12～14 岁时，如果孩子睡眠时间减少或人为剥夺睡眠时间，会引起部分儿童发生近视。凡出生时体重＜2 500 克的小学生，其在青春期前容易发生近视。一般来说，300 度以下的近视与遗传关系不大；300～600 度的近视与遗传关系密切；600 度以上的近视几乎都与遗传有关。

近视眼是儿童和小学生低视力的最主要因素，高度近视可能发生严重影响视力的一系列不良并发症，甚至危及视力，导致失明。近年来，我国小学生近视发病率呈逐年上升趋势，小学生达 20%～30%。由于儿童视力损害会影响儿童的身心发育，对其生活、学习及就业都会产生十分不利的后果，因此，儿童视力损害应该受到更多关注。

据统计，我国近视患者人数仅次于日本，是全球第二大近视患病率最高的国家。有资料显示，我国近视患病率正以每年两位数的增幅增长，患病更趋于低龄化。

孩子刚刚近视，家长须谨慎对待。了解到孩子近视后，更多的家长是斥责孩子不良用眼习惯和带孩子去医院购买昂贵的眼镜。当孩子长时间用眼，视力得不到恢复，反而大大加深近视度数。

造成近视眼的原因，高度近视（超过 600 度）多与遗传因素有关，低于600 度的近视主要与环境因素有关。例如改善视觉环境、教室采光标准化、窗户透光面积与教室之比不低于 1∶6、黑板无反光、养成良好写作姿势、写作业 40～50 分钟应休息远眺、做眼保健操，不在走路、乘车、躺卧和阳光直射下或暗光下阅读、写字等。还应减少学生作业，增加户外活动，这样既可增强体质又可防治近视。

青少年正处于生长发育时期，视觉系统尚未定型，适应性强。眼镜通过改

变光线进入眼球路线，促使光线的焦点（事物的影像）落在已经变形的视网膜上，换句话说，眼镜就是为了看清楚东西，迁就纵容眼球长期处于假性近视的一种权宜手段。青少年随着年级的升高，孩子的课程逐渐加重，不注意保护视力，长时间不正确用眼，不正确读写姿势，较少的户外活动，眼球发生器质性变化，假性近视就转变成真性近视了。

青少年近视不同于成人近视，因此治疗方法也不同于成人，青少年近视大多是由于长期近距离用眼，造成视疲劳导致睫状肌痉挛。青少年正处于生长发育期，眼组织尚未定型，具有很强的可塑性。因此，一定要抓住有利时机，及时采取措施，视力还是可以恢复的。

用眼不卫生的儿童为什么会近视

孩子的视力发育还没有健全，长时间的盯住电视或计算机屏幕，容易造成视觉疲劳，从而导致近视。家长应对孩子的生活、学习习惯多加注意，如果发现孩子看东西身体容易前倾或者对黑板字体看不清楚、眯眼、看书姿势不佳等现象，应及时带孩子去检查。另外，孩子如果长期吃含糖精食品，也会引起视力降低，因为过多糖分的摄入会造成钙、铬等微量元素及维生素 B_1 吸收不足，会使眼球壁弹性降低，眼轴拉长，从而促使近视发生和近视度数加深。

随着科技的进步，现在大多数近视眼可以通过激光进行矫正，但儿童近视患者不适合做激光手术，手术不当还会引发并发症。因为年龄＜18 岁者，眼球发育还不完全，屈光状态尚不稳定，即使年满 18 岁，也应该在近 2 年近视度数比较稳定，每年加深不超过 50 度的情况下做手术。

儿童平时除了养成良好的用眼习惯以外，还要注意合理均衡的膳食，多吃一些含维生素 C、维生素 E、维生素 B_1 和钙、铬等微量元素食品，如胡萝卜、红心甜薯、倭瓜等绿色蔬菜和一些动物肝脏、蛋黄、黄油、乳类，这些都可以促进眼睛的健康。其次，儿童用眼时间最好不要超过 1 个小时。

缺哪些微量元素可致近视

学习负担过重和不适当用眼一直被人们普遍认为是造成视力障碍和近视

眼的原因。近年来国内外科学家们又发现，机体缺乏某些微量元素，也是造成视力障碍和近视眼的原因之一。

锌在体内起着重要的作用，是多种酶的活性中心。由于眼内的代谢异常活跃，很多代谢酶都是与锌有关的金属酶，因此，缺锌会导致房水产生减少，眼组织抗氧化能力降低，引起视网膜病变、视神经萎缩。有研究表明，青少年近视患者的发锌和血清锌含量明显低于正常视力者，补锌可提高近视患者的视力。

人体内必需微量元素铬的含量下降会引起眼的晶状体和眼房水的渗透压改变，使晶状体变凸及屈光度增加而造成近视。此外，体内铬元素不足，还会妨碍蛋白质与脂肪的正常代谢，尤其是影响氨基酸的运转，使血液胆固醇的水平升高，加速动脉硬化、高血压等病的进程，而这些病变对视力均有一定的危害。

铜是人体重要的微量元素之一，对色素的形成具有重要的作用，缺铜会引起多种病变。人眼组织中虹膜睫状体中含铜量最多，其次为色素上皮等。铜代谢异常会导致视网膜色素变性而影响视力，并且会引起眼肌损害。有人发现近视患者的血清铜下降，尿铜也明显低于正常人。

硒是维护人体生命力的必需营养成分，同时又是人体内重要的抗氧化酶的活性中心，能延缓细胞衰老，并能对维生素 A、维生素 C、维生素 E、维生素 K 的吸收与消耗进行调节，在机体代谢过程中起着重要作用，体内硒缺乏时，易患近视眼及白内障。

为预防因缺乏微量元素所致的近视和眼疾的发生，在平时的膳食中要营养全面，搭配合理。不要偏食，保证微量元素的摄入平衡。

儿童近视如何检查诊断

一般的儿童，尤其是在幼儿园长大的儿童，3 岁时经过简单的视力表教认，绝大多数都会认视力表。有条件的幼儿园每年要对孩子的视力进行一次普查筛选，家长也可自购一张标准视力表，挂在光线充足的墙上，在 5 米远处让孩子识别。检查时一定要分别遮眼检查，不可双眼同时看，防止单眼弱视被漏检，反复认真检查几次，若一眼视力多次检查均低于 0.8，则需带孩子到医院做进

一步检查。一般认为检查最好不晚于 4 岁。

对于婴幼儿和不能配合检查视力的幼儿，可做遮盖试验，大致了解双眼视力情况：有意遮盖一眼，让孩子单眼视物，若很安静而遮盖另一眼时却哭闹不安或撕抓遮盖物，那就提示未遮盖眼视力很差，应尽早到医院检查。

总之，近视的早期发现主要靠家长、幼儿园、学校、医院的紧密配合，最主要的还是与孩子朝夕相处的家长本人。

儿童近视如何治疗

先天近视虽然有遗传因素，但是通过积极的预防和治疗，仍然能保持孩子健康的视力。中医提倡"后天养先天"，认为近视、散光完全可以通过日常的饮食、锻炼、治疗等后天调养，达到弥补遗传因素、恢复健康视力的目的。父母在饮食方面应尽量让儿童少吃甜食，多吃富含维生素 A、维生素 B$_1$、维生素 B$_2$、维生素 C 及维生素 E 的食品。常见富含维生素的食品有蛋、奶、鱼、肉、动物肝脏和新鲜的蔬菜、水果。

由于高度近视系常染色体隐性遗传性疾病，因此，减少遗传因素的影响是防止高度近视的关键。患者懂得这个道理后应注意优生优育，这也是为后代减少痛苦。

如果发现儿童有近视的迹象，应该及时到医院检查，散瞳验光，配戴合适的眼镜。另外，必须注意眼镜是医疗用品而不是一般商品，质量优劣至关重要，所以一定要到大医院或有信誉的眼镜店配镜。

由于儿童自我控制意识不强，家长及老师要帮助儿童爱护眼睛，如果能做到以下几点就可以有效预防儿童近视等眼病：一要养成良好的卫生习惯，合理饮食，锻炼身体，保障身心健康；二要纠正不良习惯，养成良好的用眼卫生；三要定期到眼科医院检查眼睛，尤其是高度近眼患者，及时发现眼病，以便早发现、早治疗。

近视小学生如何配戴眼镜

　　不少小学生近视患者，经配镜视力矫正达正常水平后，过了一两个学期，看东西又变模糊了，到医院眼科一检查，医生说近视度数又加深了，需重新验光配镜。为此，一些家长就习惯地认为近视眼配戴眼镜后会越戴越深或者说配镜度数越浅越好。其实，这些观点都是不正确的。近视患者配戴眼镜后度数加深有多方面原因，要根据自己的眼睛以及近视度数等情况进行分析，从而找出确切的病因，做出相应的处理，才能阻止近视度数进一步加深。

　　调查表明，导致近视患者戴镜后视力又下降的常见原因有如下几方面：①配戴眼镜后不注意视力卫生。一些小学生以为配了眼镜后就万事大吉了，写作业或看书时仍然距离很近，加之照明光线时强时暗，阅读时间太长，甚至躺着看书、乘车看书、边走路边看书，近距离看电视，长时间玩电子游戏机等，时间久了，睫状肌过度调节，如此一来，近视度数就必然会加深。②配的近视镜不合适。有不少小学生近视，他们并未到医院经散瞳验光，他们的眼镜是从商店或街边随便买的。如此戴镜后由于眼睫状肌调节暂时增强，虽会比原先看得清晰，但时间一久，终会因眼镜配得不合适而使睫状肌处于疲劳状态，导致眼睛酸胀不适，从而引起视力下降。③眼镜时戴时脱。一些小学生把戴眼镜当作一种负担，有的则不好意思，怕人笑话，于是，有时戴、有时不戴、上课时戴、其他时间不戴。如此一来，眼睛则经常处于不稳定的调节状态，久而久之，近视度数非但没有变浅反而不断加深了。④高度近视者虽然经常戴着眼镜，度数也会逐渐加深。这种眼镜度数加深与家

族遗传有关，临床上称为病理性近视。这种视力若不戴眼镜，度数反而会加深得更快。

　　小学生如果发现有近视，应及时到医院检查，散瞳、验光，配戴合适的眼

镜。值得强调的是眼镜是医疗用品而不是一般商品，质量优劣至关重要，所以一定要到大医院或有信誉的眼镜店配镜。

儿童如何保护眼睛

（1）不要让1岁以内的婴儿直视强光，以防损伤视力。

（2）不要让孩子看固定不动的东西，以免引起斜视。

（3）让儿童避免接触锐利的玩具，以免损伤眼睛。

（4）当会看图认字和上学以后，要预防近视。要做到"二要二不要"和"三个一"，即：看书写字姿势要端正，看书时间长了要休息片刻；不要在光线暗弱及直射阳光下看书，不要卧床、乘车、走路时看书。身体距离书桌1拳，示指距离笔尖1寸（3.3厘米），眼睛距离书桌1尺（33厘米）。

（5）注意眼睛卫生，用专用手帕、毛巾和脸盆；不用手揉眼或用不清洁的东西擦眼。

学生爱眼如何走出误区

误区之一：孩子不重视近视。最新全国中小学生近视眼防治抽样监测结果显示：小学生近视率为26.96%；初中生为53.43%；高中生则超过72%，居世界第二位，人数居世界之首。其原因既与学习负担重、升学考试压力大有关，也与对视力不良的预防措施不得力有关。有些学校做眼保健操可有可无，有些家长只顾学业，不重视孩子爱眼。例如，暑假较长，正是给孩子放松眼睛的好机会，本应多带孩子到大自然中看看绿色，可他们给孩子安排的学习比上学还要紧，年复一年，毫无间歇，使孩子用眼过度疲劳。

误区之二：就诊晚。视力下降是有许多早期迹象的，如眼睛疲劳：看书时间一长，字迹就会重叠串行，抬头再看面前的物体，有若即若离、浮动不稳的感觉。知觉过敏：在发生视疲劳的同时，许多孩子还伴有眼睛灼热、发痒、干涩、胀痛。原来成绩好的学生会对学习产生厌烦情绪，听课时注意力不集中，反应也有些迟钝。这些变化在眼科上称为"近视前驱综合征"。此时应及时到医院诊治。但令人遗憾的是，多数家长忽视了这些先兆，有人就给孩子滴一些眼药水，耽误了早期治疗。

误区之三：给孩子乱戴眼镜。儿童出现近视时，应首先在眼睫状肌麻痹（散瞳）下进行验光，证实为真性近视后，才能配镜，并一定要注意验光的准确性和眼镜质量，不能随便配戴。可有的家长就给孩子随便配一副眼镜。

误区之四：一些父母不知道膳食营养与爱眼有关。有些孩子经常偏食挑食，使眼睛生长所需要的营养供给不足。对患了近视的孩子要辅用食疗，少食酸甜食品，多食一些健脾养胃和补益气血的食物，如胡萝卜、菠菜、小米、玉米等。

误区之五：斜视未能早发现、早治疗。有些父母等孩子上学了，才来看斜视，延误了他们康复的最佳时机。婴儿期和幼儿期双眼的视觉反射是不稳定的，8 岁以前，双眼视功能的形成不稳定，容易丧失，也容易恢复，发现斜视后及早治疗，不但可以矫正斜视，而且可使已丧失或发育不良的视功能得到恢复。

对近视学生如何进行健康教育

通过上述结果分析，针对其特点而提出以下几点健康教育对策：

（1）目前许多学校存在着教室结构设计不合理，采光照明不符合规定，教室所纳学生数严重超标，课桌椅高低、间距等不适合学生身高等情况，所以学校应大力加强学生学习基础设施的设置与完备工作，使其符合健康卫生标准要求。

（2）在学生家中，家长亦应给学生营造一个良好的学习环境，使其采光照明、桌椅高低等均符合健康卫生标准。

（3）加强学校健康教育工作，大力宣传学生用眼卫生知识，改变不良卫生行为，养成良好的用眼卫生习惯，提高自我保健能力，保护好视力。

（4）教师和家长要说服学生少看电视，特别是要讲明近距离看电视对视力的危害；不要在过暗、过强光线下看书；乘车、走路、卧床等都不要看书。还要帮助学生纠正不正确的读写姿势以及不良的用眼卫生习惯。对具有遗传史的学生来说要更加认真地保护自己的视力，对危害视力的因素与习惯坚决予以纠正。

（5）坚持推广和普及眼保健操，使学生能正确、自觉、认真地学好、做好，并定期检查视力，做到早发现、早矫治。

（6）近视学生需配眼镜时，要到医疗部门咨询、验光及配镜，切不可随意在街头眼镜店配戴近视镜。

（7）在饮食上要给学生增加富含维生素 A、维生素 D、维生素 B_2 的食物。要教育学生合理安排好学习时间，学习时间不宜过长，在学习间隔中要有意识地让眼睛休息，从而起到劳逸结合，保护视力，提高学习效率的作用。

总之，只要学生、家长、教师三方面密切配合，抑制儿童近视发病因素，降低儿童近视发病率的目的一定能够实现。

六、身材矮小

为什么宝宝不长个

体重是观察小儿营养状态的临床指标。根据孩子发育的一般规律，孩子月增体重的最低值限是：0～6个月正常增长值≥600克/月；6～12个月正常增长值≥300克/月。如果连续2个月中，每月增长值不足这个标准，医生便认为孩子的体重增长不足。

引起体重增长不足的原因需要从以下三个方面考虑。

（1）疾病因素：婴儿4个月以后，从母体中带来的各种免疫物质及营养素（铁、锌等）已基本耗尽。因此，6个月以后的孩子容易患病。腹泻及呼吸道反复感染是影响6个月以后孩子体重增长不足的原因之一。因此，为了减少孩子半岁后患病的概率，需要增加孩子的户外锻炼及营养摄入。

（2）喂养因素：喂养不当是半岁以后孩子体重增长不足的主要原因。孩子半岁以后，辅食添加不及时、不足，可以造成孩子喂养困难、营养素摄入不足，从而孩子体重增长缓慢；辅食添加方法不当，如过早地添加某一种类食物、初次添加辅食的量过大，也可使孩子的胃肠道难以适应，导致消化不良。如果这种情况发生较多，会造成孩子体重增长缓慢，甚至体重不增或下降。因此，添加辅食时，不论从量上还是从种类上，需遵守循序渐进的原则。这是保证孩子正常摄食，获取营养的必要方法。

（3）心理因素：有的孩子吃得很好、摄入量足够、睡眠好、也未患病，但是体重却仍然不能令人满意。此时应考虑到孩子是否缺乏母性的爱抚，是否缺乏适宜的刺激，例如抚摸、亲吻、逗引、玩耍、交谈等，这些是一个孩子正常发育中不可缺少的环节。环境的沉寂往往会令孩子感到无聊，有的孩子会表现为哭闹。而从出生就习惯了这种环境的孩子，往往表现为体重增长不良。另外，家长过度地关注孩子，会令孩子的心理紧张、疲劳，同样可能引起孩子体重增长不正常。

有些父母认为"只要孩子体重在长"便可以了。其实，这个想法不利于改变生活中不适于孩子发育的不利因素。孩子的体重反映了孩子近期的营养状况，是孩子智能发育的基础。如果孩子有体重增长不良的情况，会影响他的生长速度，使这一阶段的生长潜能不能得到充分的表达，而这一损失对孩子来说又是不可弥补的。因此，父母应积极寻找孩子体重增长不良的原因并及时纠正。

儿童不长个子的原因有哪些

刚出生的新生儿平均身长为 50 厘米，0～6 个月时平均每月增长 2.5 厘米，后半年每月平均增长 1.5 厘米，1 岁时达 75 厘米，2 岁时达 85 厘米，2 岁以后平均每年增长 5～7 厘米。因此，2～12 岁的儿童身高可按此公式推算：身高（厘米）=年龄×7＋77。孩子的实际身高若不低于此数值的 30%，就属于正常。一般说来，女孩从 9 岁或 11 岁、男孩从 13 岁或 15 岁开始，青春期的孩子身高每年可增长 7～9 厘米，少数人可达 10～12 厘米；青春期（16 岁）后，发育逐渐成熟，骨骼开始钙化，增高减缓。

（1）性早熟骨骺提前闭合：随着生活水平的提高，性早熟的发生率也逐年上升。很多性早熟的孩子虽然当时的身高并不矮，但他们的骨龄已超前，而且垂体提前分泌大量性激素，使骨骺提前闭合，身高增长过早停止，最终导致身高普遍矮小。家长要多留心观察孩子是否有第二性征过早出现、9 岁以下孩子身高增长突然加速等现象，不要盲目给孩子进补含激素的食物。

（2）生长激素缺乏：大多数家长认为，小时候孩子长得矮不要紧，只要在青春发育期加强营养，就能在身高上有个大飞跃。尤其是父母身高中等偏上的，更容易忽视这个问题，以至于将治疗的宝贵时间延误了。据统计，在 8 646 名新生儿里，平均就有 1 名是生长激素缺乏者。这类矮小者，只要做生长激素激发试验即能确诊。确诊后可及时进行生长激素注射治疗。得了这种病的孩子只要在 7 岁前开始治疗，完全可以有正常人一样的身高。

（3）乱用增高保健品：对于矮小儿童的诊断和治疗，应在有经验的医师指导下进行。千万不要自我诊断后，盲目轻信所谓增高术，购用"增高药"。

（4）其他：有些矮小是一种疾病状态，但父母往往不知道。如果孩子是甲状腺功能低下、内分泌异常、染色体异常、中枢神经异常等原因导致的矮小，吃增高药和（或）使用增高产品都没有疗效。所以，当发现孩子的身高、生长发育缓慢或者远远落后于同龄人时，家长一定要提高警惕，及早带孩子到医院检查。

哪些全身性疾病可导致矮身材

全身性疾病可以影响生长发育，其影响程度决定于病变的部位、病程的长短和疾病的严重程度。不少调查研究表明，儿童时期的急性传染病如麻疹、百日咳、急性肠道感染等，如果治疗不当或有并发症时，往往会影响生长发育。慢性疾病对发育的影响更为严重，由细菌、病毒、原虫以及蠕虫等引起的慢性疾病往往导致明显的发育障碍，阻碍身高的增长。一些感染性疾病，如乙型脑炎、脑膜炎、中毒性肺炎、小儿麻痹症等，由于侵犯了大脑皮质细胞，对儿童的智力发育常常带来不可逆的损害，这些儿童往往发育迟缓，严重的可表现为侏儒。

病变累及全身而致身材矮小的疾病还有许多。如先天性心脏病，慢性肺部疾病（包括严重哮喘和囊肿性纤维变性），慢性胃肠道疾病（溃疡性结肠炎、局限性肠炎），慢性肝脏疾病（慢性肝炎、肝硬化），慢性肾脏疾病（慢性肾炎、肾衰竭），慢性溶血性贫血及其他类型的慢性贫血等，皆可引起生长落后或青春发育延迟。一般是由于疾病抑制丘脑下部和垂体的功能，使生长激素的分泌减少，或者由于血中生长激素介质的含量低，导致身材矮小。某些神经系统疾病也可损伤下丘脑-垂体功能，使生长激素的分泌减少，导致小儿身材矮小。

哪些内分泌疾病可导致矮身材

人体内分泌系统中对身高影响最大的内分泌腺为垂体、甲状腺和性腺。最容易引起身材矮小的疾病有甲状腺功能减退症、甲状旁腺功能亢进症、垂体性侏儒症等。

（1）甲状腺功能减退症：临床表现视起病年龄、病情严重程度、病程长短而不同。如甲状腺功能减退发生于胎儿期或出生不久的新生儿，称为呆小病（克汀病）；如甲状腺功能减退发生于发育前儿童期，称为儿童甲状腺功能减退症；如甲状腺功能减退发生于成人期，称为成人甲状腺功能减退症。总之，发病年龄越早，对人体的身高影响越大。

（2）垂体性侏儒症：分为原发性和继发性两种。①原发性垂体侏儒症。患儿在出生时体重、身长均在正常范围内。1岁以后出现生长发育迟缓，身高常低于同年龄、同性别小儿正常平均身高的30%以上。身材呈均匀性矮小，比例相称。面容比实际年龄幼稚，声音尖细。胸、腹部脂肪比较丰富，第二性征缺乏，外生殖器不发育。智力大多正常。本病原因尚不明了，但与异常分娩有关。②继发性垂体侏儒症。本病多在原发疾病之后逐渐出现症状。发育障碍可开始于任何年龄。如继发于颅内肿瘤，影响到脑垂体，引起垂体分泌生长激素不足，导致矮身材。

（3）假性垂体性侏儒症：患儿生长激素合成正常或稍高，但肝生成生长介质不足，使生长激素不能起作用，引致侏儒症。本症有家族性，属常染色体遗传，用生长激素治疗无效。

（4）甲状旁腺功能亢进症：临床表现为高钙血症引起的症状，有肌肉软弱、厌食、恶心、呕吐、烦渴多尿、体重减轻、生长发育迟滞等。由于脱钙，易发生骨折及畸形,并有步态改变。由于脊椎受压迫变形,呈现矮小,甚至卧床不起。

(5)假性甲状旁腺功能减退症:患儿甲状旁腺正常或增生,分泌功能亦在正常范围,但肾脏和骨骼对甲状旁腺素的效应有缺陷,故致低血钙、高血磷。临床表现为矮小、肢体短、面圆、臀肥、手足粗短,合并骨骼脱钙和畸形。典型病例为第4、5掌骨及第1、5距骨粗短特别明显。

(6)糖尿病性假性侏儒:本病又称侏儒-肝大-肥胖-少年型糖尿病综合征。发病机制是小儿糖尿病未能很好地控制,由于高血糖状态及酮症等代谢紊乱,可刺激肾上腺皮质产生过量的皮质醇,形成继发性肾上腺皮质功能亢进状态。主要临床表现为生长停滞,身材矮小,骨龄延迟呈侏儒状。发病年龄越小,病程越长,则矮小越明显。患儿有典型的满月脸、水牛背及向心性肥胖。肝大可达肋下7~8厘米,但肝功能一般正常。

哪些代谢性疾病可导致矮身材

导致矮身材的代谢性疾病有:佝偻病,糖原贮积症,黏多糖病等。

(1)佝偻病:由各种原因引起钙、磷代谢失常而致骨样组织不能正常骨化,导致骨质软化、骨样组织增殖和骨发育障碍等而形成侏儒状。有以下几种类型。

①维生素D缺乏性佝偻病:在小儿相当常见,但引起严重侏儒者不多。轻症患儿的骨骼改变不明显,一般不影响身高。重症者由于脊柱弯曲,膝外翻(X形腿)或膝内翻(O形腿)等可使身材变得矮小。加之肌肉韧带的松弛,更增加畸形的程度。此外,患儿多伴有颅骨软化、肋骨软化、胸廓畸形(漏斗胸、郝氏沟等)及神经、精神症状,如不安、易激惹、多汗等。

②维生素D依赖性佝偻病:又称常染色体隐性遗传性低血磷佝偻病,临床表现为1岁后出现严重的佝偻病症状,生长发育迟缓,身材低矮,弓形腿,胫骨向侧面弯曲,牙釉质发育不良。患儿并无缺乏维生素D的病史。

③低血磷性抗维生素D佝偻病:本病大多为家族性,少数是散发性。一般为伴性遗传,亦可为常染色体显性或隐性遗传。病因是由于肾小管再吸收磷的

原发性缺陷。特点是无缺乏维生素D病史，而佝偻病症状多发生在1岁以后，且在2～3岁后仍有活动性佝偻病表现。患儿生长迟缓，身材矮小，有进行性佝偻病的骨骼改变。对一般治疗剂量的维生素D无效。用钠及钾的磷酸盐混合剂和大剂量维生素D治疗有效。

④肾性佝偻病：亦称肾性骨营养障碍。特点为具有先天性或后天性疾病引起的肾脏疾病，如肾发育不全、先天性肾囊肿、肾盂积水、慢性肾盂肾炎等，而致慢性肾功能减退，发生钙、磷代谢紊乱。骨骼出现佝偻病改变，骨质普遍脱钙而发生剧烈疼痛，尤其是距小腿关节（踝关节）。同时还有原发疾病的症状和体征。一般多在幼儿后期症状逐渐明显，形成侏儒状态。

⑤肾小管性酸中毒伴发佝偻病：是一类因先天性或后天性肾小管运转功能障碍而引起的全身性酸中毒病症。主要由于肾小管分泌氢离子和回吸收碳酸氢根离子障碍，尿液酸化功能失常，因而发生慢性酸中毒及盐类调节紊乱，多伴发佝偻病。临床表现为婴儿期食欲缺乏、呕吐、便秘、神志淡漠、易激惹、骨痛、多尿、烦渴、乏力及生长受抑制等。较大儿童的症状为体格发育迟滞、骨骺畸形、病理性骨折、烦渴、多尿、乏力、周期性瘫痪等。

⑥肾性糖尿病性合并低磷血症佝偻病：为一组多种原因引起的肾脏近曲小管功能紊乱而导致的全身代谢性疾病。患儿生后一般正常，大多在4～6个月以后出现喂养困难，生长发育迟缓，渐见身材矮小。还可伴多尿、脱水、发热、骨骼畸形以及肝、肺、肾、淋巴结、眼、脑等相应症状。发病的几乎为男孩，可早在新生儿期起病。

（2）糖原贮积症（简称GSD）：糖原广泛存在于各种组织的细胞中，根据体内代谢的需要，糖原分子不断合成和分解，它们是在一组完全不同的催化酶作用下完成的。糖原贮积症依其所缺陷的酶的不同可分为9型，多数属分解代谢上的缺陷。本组疾病的共同生化特点为糖原的异常聚积，其中以量的增多为多见，少数类型其量反而降低，糖原结构可正常或异常，此外可有低血糖，血、脂肪成分及乳酸量的改变。疾病的最后诊断依靠酶的测定，酶测定可取材于肝细胞、肌肉细胞，部分可从白细胞、红细胞或成纤维细胞中测得，其中Ⅱ、Ⅲ及Ⅳ型的酶可从羊水细胞中测得。本组疾病均为常染色体隐性遗传病。与矮

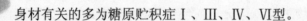

身材有关的多为糖原贮积症Ⅰ、Ⅲ、Ⅳ、Ⅵ型。

（3）黏多糖病：是一组遗传性代谢紊乱疾病。主要是由于先天性酶缺陷而引起黏多糖代谢障碍。临床表现为侏儒，骨骼异常，特殊面容，智力迟钝，运动障碍及角膜浑浊等。根据缺陷酶的类型不同可分为6型。其中Ⅰ（H）型及Ⅳ型的骨骼病变明显，常表现为侏儒体形。①黏多糖病Ⅰ（H）型。多于出生后6个月～2岁时逐渐出现症状，体格发育明显落后，呈侏儒状。常有脊柱后凸及侧凸，头大而不对称，发际低，眼裂狭窄，眼距增宽，胸廓扁平，肋缘外翻，肋骨脊柱端细小、胸骨端膨隆等症状。②黏多糖病Ⅳ型，又称遗传性骨软骨营养障碍。常有家族史，预后较Ⅰ型为好。表现为出生后一般发育尚可，第12～18个月会行走时开始发现异常，3～4岁以后发现一些进行性畸形改变。呈侏儒状，躯干短小，上肢相对较长，关节肿大，膝外翻，四肢呈半弯曲姿势。可有髋脱位、髋内翻及外翻，肌肉无力，关节韧带松弛，步态笨拙，摇摆状。

哪些骨骼病变可导致矮身材

身材的高矮，主要决定于骨骼的支持作用，一旦骨骼发生病变，就直接影响到少年儿童的生长，导致身材矮小。骨骼病变所致矮身材的疾病很多，临床上主要有以下情况。

（1）软骨发育不全：是侏儒中较多的一型，主要由于软骨化骨缺陷而骨膜化骨未受影响，导致骨的长度受到影响，但宽度仍然可增加。临床表现为出生时体征已明显；随着年龄增长而更趋明显。患者面容粗犷、头颅相对较大，前额圆凸，鼻梁下陷呈鞍形，下颌骨前凸。躯干长度基本正常，四肢粗短，特别是上臂和股部，下肢弯曲特别短，测量上部大于下部，致使成为短肢侏儒，站时手不过髋。脊柱腰段前突，腹部向前隆起，臀区向后突出，步态摇摆。患者智力、肌力及性发育均在正常范围。

（2）先天性钙化性软骨营养不良：本病又称点状骨骺发育不良，为常染色体隐性遗传性疾病。临床表现为婴儿期发病，呈侏儒状态。生长缓慢，身材矮小，四肢短小，特别是长骨的近端缩短。可有大头或小头，并指畸形，畸形足，大关节活动受限，多种皮肤病如毛囊萎缩、色素沉着症、角化不良、脂溢性皮炎等，并可有先天性心脏病及先天性白内障，低视力，智力缺陷等。

（3）软骨外胚层发育异常综合征：本病是常染色体隐性遗传病。临床表现为侏儒状态，多指（趾）畸形，指甲和牙齿发育不良，肢体大多数为近端短缩，掌骨融合。由于胫骨近端缺损，可致膝外翻。多伴有先天性心脏病，以房间隔缺损多见。30%患儿可于出生后 2 周死亡，存活者可在以后因心力衰竭死亡。

（4）成骨发育不全：本病为遗传性疾病，有家族史。主要病变系骨外膜和骨内膜的成骨作用不良，骨皮质薄，脆弱易折，但骨折易于愈合，故可造成肢体弯曲，胸廓塌陷等多发畸形。临床表现以骨骼易折（尤其是四肢）、蓝色的巩膜以及耳聋为其三大特征，但不是所有的患儿都具备。

（5）脊柱枢纽畸形：本病属常染色体隐性遗传。新生儿期即表现为身材矮小，四肢较短，伴指（趾）畸形，手足内翻，耳郭畸形。可有脊柱弯曲等，智能正常。

（6）骨骺疾病引起的矮小：有脊柱先天性或后天性畸形、短颈综合征、骨骺创伤引起的生长迟滞等。

哪些染色体疾病可导致矮身材

染色体疾病是因染色体数目异常或结构畸变而引起的疾病。根据类型与临床表现的相关性，将染色体病分为常染色体病、性染色体病和携带者三类。常染色体病是指由 1～22 号染色体数目或结构异常所引起的疾病，共同的临床表现为先天性的非进行性智力低下，生长发育迟缓，伴有五官、四肢、掌纹、指纹、内脏等方面的畸形。致身材矮小的常染色体疾病有猫叫综合征，4号染色体缺臂缺失综合征等。性染色体病系指由 X 染色体或 Y 染色体数目或结构异常所引起的疾病，其共同临床表现是性发育不全或两性畸形，有的患者表现为生殖力下降，继发性闭经、智力差等。引起身材矮小的性染色体疾病主要是性腺发育不全综合征。携带者系指带有染色体结构异常但仍为正常二倍体的表型正常的个体，其共同的临床表现是引起流产、死产、新生儿死亡或生育出畸形儿、染色体隐性遗传病的小儿。伴有身材矮小的染色体疾病较多，其中较多见的疾病有：

（1）猫叫综合征：为常染色体异常性疾病。是第 5 号常染色体的短臂发生缺失所致。已知第 5 号常染色体的短臂共有 5 个区带，只要缺乏一部分即可引起本病。一般群体中受损害的发生率约为 1/5 万。通常多见于女孩。临床特征是微弱悲哀的哭声似猫叫。生长发育障碍，智力低下，体重轻。头小、满月脸、颌小、颈缩，睑裂外侧向下倾斜、两眼眶距宽、上睑下垂，可伴视力下降、白内障等，半数以上患儿还伴有先天性心脏病等。

（2）先天性性腺发育不全综合征：又称先天性卵巢发育不全综合征。为性染色体异常性疾病。本病体细胞染色体数为 45 个，包括 22 对常染色体和 1 个 X 染色体。据统计，本病每万个活产女婴中有 1 例。临床表现为性幼稚症、蹼颈、肘外翻、身材矮小等，智力正常或较差。35% 患者出现心血管系统异常，其中以主动脉缩窄多见。

哪些神经系统疾病可导致矮身材

引起身材矮小的中枢神经系统疾病主要有智力低下，颅咽管瘤导致的垂体功能减退，黄瘤病累及视丘下部引起的垂体功能低下，视交叉部神经胶质瘤，松果体瘤，脑积水及脑炎后遗症等。

智力低下，又称精神发育迟滞、智能缺陷、智能迟缓等是指在生长发育期内，总的智力功能明显低于同龄水平，同时伴有适应行为缺陷。智力低下是发育残疾中最常见的症状，严重危害儿童身心健康，影响生长发育。

颅咽管瘤等脑部肿瘤，均可引起脑垂体分泌生长激素不足，导致身材矮小。

母亲妊娠期感染风疹病毒、弓形虫、巨细胞病毒及单纯疱疹病毒等，均可引起包括智力低下在内的胎儿多发畸形，影响今后的生长发育。婴幼儿时期中枢神经系统感染性疾病，如病毒性脑炎、化脓性脑膜炎、结核性脑膜炎、乙型脑炎、流行性脑脊髓膜炎等，以及全身性感染引起的脑病等，均可导致生长发育迟缓，造成矮小症。

书包过重会影响长个子吗

研究表明，书包重量超过背包者体重的 10%~15%，给身体造成的损伤将成倍增加。美国物理治疗协会建议把背包重量控制在背包者体重的 10% 以下。

在参与调查的 37 名小学生中，书包重在 5 千克以上的有 13 名，占被调查人数的 35%；在 3.5~5 千克的有 20 名，占 54%；在 3.5 千克以下的有 4 名，占 11%。虽然孩子背个沉书包在短期内可能看不出有什么损伤，但会引起潜在的伤害，如"青春期驼背"等。

像有些工具书，新华字典、作文参考、各科练习册等，孩子可以适当地放在学校的书桌里，不用天天都背着上学、放学。美术颜料、水杯，可以训练孩子自己清洗干净后留在学校，需要时随时拿出来使用。另外，有的练习册和教学辅助书，家长可以考虑不用让孩子天天带着，从另一方面说，那些教辅书还会增加孩子的学习依赖性，不利于孩子养成好的学习习惯。

学生们的书包一侧，几乎都插放着一个水瓶。静娴的书包虽然放学时并不"超重"，但是里面的空瓶子早上可都是装得满满的，再加上水果、牛奶等，上学时的书包一定很沉。家长们因为孩子丢三落四，总是把水和水果等放在袋子里然后挂在书包上，虽然解放了孩子的双手，却把负担都加在了孩子的背上。所以，还是应该将重量分流一部分，让孩子把这些东西拎在手上。另外，除了适量的水果外，也不要给孩子带太多的零食，有的可让孩子早、晚时在家里吃。

商家把文具做得像玩具一样，孩子本身也有攀比的心理，他们带着一堆文具，就是想给同学看看。这些做法都会无形中加重孩子书包的重量。家长最好不要一次给孩子买太多的文具，每天检查一遍孩子的铅笔盒，带一块橡皮、几支笔和尺子等即可。另外，最好买非合金材料的铅笔盒，如塑料的、结构不太复杂的，或者干脆用笔袋。

有的孩子跑动时书包就甩来甩去，肩带也都滑到了胳膊肘上方，干脆就"邋遢"地走。家长可以买一个既有胸带又有腰带的书包（像登山包那种），可以有效地帮孩子减轻背部负重。教孩子尽量拉紧背包带，帮孩子背包时，应始终把背包位置保持在后背肌肉最强壮的中部，防止书包滑到臀区以下。还要帮孩子调整背包肩带长短，使其容易背起和放下。合理放置包内物品也很重要，最重物品应放在最贴近背部的位置。

孩子不长个的心理因素有哪些

一般说来，孩子长得高或矮，只与父母的遗传基因和身体健康有关联。但心理学家发现，由于孩子的心理因素而引起的症状，严重影响到孩子的正常生长发育。这些心理因素包括：①因夫妻情感不和而产生家庭压抑气氛；②夫妻吵闹而引起分居或离婚的单亲生活；③家长失业或下岗出现低落的情绪；④对孩子期望过高而产生的压力；⑤孩子因家长管教太严而失去自信；⑥孩子在吃饭时被家长数落产生逆反心理。

孩子在生长发育过程中，不但要保持身体健康，也要注重心理健康，否则给孩子的生长带来负面影响。心理因素的影响还是通过孩子的身体健康来反映：①家庭的压抑感潜移默化地发生在孩子身上，孩子情绪不稳定；②孩子食欲缺乏；③孩子睡眠不佳，忽惊忽醒；④孩子消化道功能失调，发生肠胃紊乱；⑤孩子的抵抗力减弱。

父母都希望自己的孩子健康地成长，在身体没有疾病的情况下，孩子生长发育受到阻碍，就应考虑孩子的心理问题。①创造良好的家庭环境和轻松愉快的氛围，不要因夫妻的矛盾让孩子感到压抑；②即使夫妻分居或离异，仍要一如既往地爱自己的孩子，让孩子感到安全、幸福和自信；③在教育孩子上不要因孩子淘气和不听话，轻易打骂和（或）惩罚孩子，而要多讲道理、多鼓励孩子；④父母要针对孩子的实际情况来发展他，不要因过高期望而给孩子施加压力；⑤关注孩子的饮食，注意营养搭配，不要养成偏食习

惯，决不能在吃饭时批评孩子或严斥孩子，以免影响孩子的食欲；⑥留心孩子的大便，若出现肠胃功能紊乱，要及时就医，不要拖延；⑦若孩子是心理原因造成身体发育的障碍，父母不要盲目给孩子吃助长药，只要解决心理问题就行了，孩子生长激素的分泌就会恢复正常，到一定年龄段就能迅速增长。

如何防范孩子患"心理性矮小症"

在日常生活中，常见到一些孩子的身体和他们的年龄相比，显得过分矮小。出现这种情况，家长和医生总认为是生理或遗传上的原因。但是，医学家们发现，得不到足够的父母之爱往往也是孩子矮小的一个极为重要的原因，医学上称之为"心理性矮小症"。

"心理性矮小症"是指孩子缺乏父母的爱抚，精神上受到压抑，致使孩子生长发育发生了障碍而出现的矮小症。

孩子缺乏爱抚为什么长不高呢？美国著名的精神病学家霍劳博士指出：孩子长期生活在精神压抑、无人关心或经常挨打受骂的家庭环境中，就会引起体内激素分泌的减少，导致生长发育障碍。

在第二次世界大战中，德国、西班牙、朝鲜、越南等国失去双亲的孤儿，平均身高要比同龄儿童矮几厘米。科学家们为此做过试验，他们将一批受到精神压抑的孩子安置到和睦欢乐的环境中，模拟让他们受到亲人的爱抚和家庭的温暖，3个月后约有95%的孩子发育情况发生了变化，生长停滞现象得以消除，身高得到明显的增长，基本上接近其他同龄儿童身高增长的水平。

因此，爱抚的缺乏、精神上的压力和心灵的创伤，都可导致神经-体液-内分泌等功能紊乱，致使生长激素、甲状腺素等有助于长高的激素分泌减少，从而引起孩子的生长发育障碍。为此，家长应充分关心和爱护孩子，使他们得到足够的父母之爱，这对孩子的发育和长高都很重要。

怎样才能让孩子长得高

儿童身材矮小、性早熟或发育提前、超重肥胖……越来越多的家长被自己的孩子在生长发育过程中所面临的各种问题困扰着，但常常苦于不知应去哪里求助。生长是反映一个儿童健康状况、营养和遗传背景的敏感指标，身高和身高生长速度偏离正常范围可能预示着某种潜在的先天性或获得性疾病。很多家长在这方面存在误区或是对孩子生长发育诸多环节中需要引起重视的问题没有认识，听之任之；或是发现孩子矮小，病急乱投医。

儿童身材矮小、性早熟或发育提前、超重肥胖都属于生长发育障碍。矮小儿大多数属于身材偏矮，只有极少部分是病理原因的生长发育异常，为极度矮小。孩子不长个的常见原因包括家族性矮身材、体质性发育延迟、生长激素缺乏症、先天性卵巢功能发育不全、甲状腺功能低下症、宫内发育迟缓、软骨发育不全等。孩子个头儿矮的原因除了父母遗传外，与孩子后天的环境和营养关系密切。分析孩子个头儿不高的外在原因，专家认为主要是营养过剩、睡眠不足和环境污染。从就诊的身材矮小的儿童来看，很多孩子钟情于洋快餐、汽水等食品，这在一定程度上导致孩子发育期提前，尤其是容易出现性早熟，同时过早地促进骨骼发育，导致骨骼在生长发育期之前提早闭合，不再生长。另外，很多孩子的课业压力较大，平时睡眠不足，也对身高有重要影响。

一个人从出生到成年要经过几个不同的年龄阶段，每个阶段各有其不同的生长发育特点。只有对儿童的正常生长发育过程有充分的认识，掌握正确的评价方法，才能及时发现生长异常，找出其营养、所在环境和生活方式有何缺点而予以纠正；或检查有无隐匿的疾病而予以治疗。家长应学会识别生长发育中出现的问题，帮助儿童及时得到正确、合理的指导和治疗。

作为家长，如何初步判断孩子的发育情况呢？通常情况下，父母的平均身高即是遗传潜力所确定的儿童成年身高，也称靶身高。可按下列公式计算儿童靶身高：

男孩身高＝[父亲身高＋（母亲身高＋13）]／2±7.5 厘米

女孩身高＝[（父亲身高－13）＋母亲身高]／2±6 厘米

做父母的责任是为孩子创造更加良好的生长环境，供给足够而不过量的食物，均衡而不偏颇的营养；让孩子有足够的运动、充足的睡眠，保持身心愉快；预防和积极治疗疾病。这样就可以把先天所赋予的生长潜能充分发挥出来，达到自身理想的身高。

有些家长有一个营养的误区，认为加强营养就是多吃鸡、鸭、鱼、肉，可以不吃或少吃粮食。其实人体所需要的能量主要是从糖类中获得的，而蛋白质要在能量充分的前提下才能被身体充分利用。过多蛋白质的摄入，不仅增加肝、肾负担，易造成消化不良、便秘，反而抑制孩子食欲。有些孩子营养过剩后造成肥胖，容易引发性早熟，最终使身材偏矮。所以，在保证量充足的同时，还要注意饮食的合理搭配和多样化，即粗细搭配、荤素搭配，不挑食，不偏食。更不要过多地吃零食而影响重要营养物质的摄入。

儿童、青少年经常从事体育运动，能促进骨骼的生长，使骨骼变长、变粗，骨密度增大。经常运动，也使肌纤维变粗，提高肌肉的力量、速度和耐受力。运动还可以消耗多余脂肪，在快速生长期预防肥胖。现在的孩子普遍户外活动不够，没有充分享受阳光和新鲜的空气，没有足够的运动量，这都不利于孩子长高。

在睡眠状态下，生长激素的分泌量是清醒状态下的 3 倍左右，所以保证充足的睡眠有利于长高。

各种引起生理功能紊乱的急、慢性疾病对儿童的生长发育都能产生直接影响。反复的呼吸道感染和腹泻会明显阻碍儿童的生长发育。慢性感染、慢性肝炎、慢性肾炎、哮喘、心脏病、贫血等均可影响身高增长。染色体异常、内分泌疾病、骨和软骨发育障碍等重大疾病，可使患儿身高明显低于同龄儿，医学上称为病理性矮小。因此，积极防治疾病，对生长期的儿童有十分重要的意义，通过早期诊断和治疗，一些疾病造成的生长损害是可以得到完全或部分恢复的。

越来越多的家长"拔苗助长"，给孩子盲目服用增高类保健品或使用增高器械，不少矮小患儿错过了最佳的治疗时机。盲目增高可能适得其反。治疗孩子矮小的最佳时机是青春期到来前的一两年内，此时是孩子的最佳生长期，有的孩子一年可以长 12 厘米。如果孩子确实需要增高，也要到正规医院进行检查。孩子增高前，一定要让专科医生对孩子进行骨龄测评、家族史分析等全面评估，决定增高方式。其实，矮小的孩子中有 1/3 的孩子只需改变生活方式就能长高。除了内分泌疾病和遗传因素以外，很多孩子学习压力大，不进行运动，没有充足的睡眠，营养也不均衡影响了生长激素的分泌。部分孩子如果改变饮食、运动、睡眠等生活方式，完全有大幅增高的潜力。

为什么食疗可以促使个子增高

有研究表明，在内分泌疾病引起的矮身材中，最多见的是直接或间接缺乏生长激素所致。营养障碍，如缺锌、缺碘、缺钙、缺铁等，所造成的缺锌性侏儒症、克汀病样矮小症、钙缺乏综合征等，便是引起身材矮小的原因之一。

人所需要的一切营养素均来自食物和食品。俗话说："好的身体是吃出来的。"众所周知，食物是保证生命与健康的物质基础，古人曾总结说："五谷为养，五果为助，五畜为益，五菜为充，气味合而服之，以补益精气。"《内经》讲："谷肉果菜，食养尽之。"说的是五谷、五果、五畜、五菜都要穿插食用。2 000 多年前的话，仍然是这样真切有用。由此可见，食疗增高是可以达到的。就目前膳食结构来看，孕妇和儿童从一般膳食中难以满足身体所需营养，约有 30% 的孕妇和 40% 的儿童处于锌缺乏和锌缺乏的边缘状态，缺碘的情况更严重一些。

食疗增高要抓住四个时期：即胎儿期，婴幼儿期，少儿期，青春期（包括青春前期）。一日三餐，粗细搭配，动物食品和植物食品要有一定的比例，最好每天吃些豆类、薯类和新鲜蔬菜。儿童、孕妇、乳母，由于其生理状况不同，对营养素的需要不同，对食物的质和量的要求也不一样。必须根据他们的特殊营养要求，选择适当的原料，烹调成合适的饭菜，才能满足他们的生长发育和身体健康的需要。

要多进食含锌、碘、钙、铁、锰、硒以及维生素丰富的食物和食品，如动物肝脏、肉类、鱼类、蛤、蚌、牡蛎、海带、紫菜、淡菜、动物骨头，特别是谷类、豆类等。对

于孩子的营养供应要放开一点，不要限制太多，小孩不但需要吃主食，还需要

吃副食，主食也不能过于精细，要吃得粗一点，吃得杂一点，比如豆腐、菜泥、肉末、鸡蛋、鱼羹、麦片、米油、糠麸饼等，都可以吃一些。

蛋白质为什么是增高的重要原料

据报道，第二次世界大战期间，日本动物性食品供应不足，每人每年平均只供应 2 千克肉，12.5 千克奶和奶制品，2.5 千克蛋。当时 12 岁学生平均身高只有 137.8 厘米。战后，日本经济发展迅速，人民生活的改善，动物性食品增多，每人每年食用肉达 13 千克，奶及奶制品 25 千克，蛋类 15 千克。1970 年调查，12 岁少年的身高已达 147.1 厘米，平均增高 9.3 厘米。从这个例子可以看出蛋白质食物对少年儿童增高所起的作用。

蛋白质是构成一切生命的主要化合物，是生命的物质基础和第一要素，在营养素中占首要地位。少年、儿童及婴幼儿增高离不开蛋白质。

人体的骨骼等组织是由蛋白质组成的。在体内新陈代谢的化学反应过程中，离不开酶的催化作用，而所有的酶均由蛋白质构成。对青少年的增高起作用的各种激素，也都是蛋白质及其衍生物。此外，参与骨细胞分化、骨的形成、骨的再建和更新等过程的骨矿化结合素、骨钙素、碱性磷酸酶、人骨特异生长因子等物质，也均由蛋白质所构成。所以，蛋白质是人体生长发育过程中最重要的化合物，是增高的重要原料。

蛋白质的主要来源，分为动物性蛋白质、植物性蛋白质。一般说来，动物蛋白质的营养价值比植物蛋白质高。以每 500 克食品所含的蛋白质计算，①肉食类：猪肉 84.5 克，牛肉 100.5 克，猪肝 100.5 克；②蛋类：鸡蛋 63.5 克，鸭蛋 63 克；③鱼虾类：鲤鱼 88 克，草鱼 83 克，海虾 80 克；④米面类：小麦粉 60.5 克，大麦 50 克，玉米 42.5 克；⑤豆类：绿豆 119 克，赤小豆 108.5 克，黑豆 249 克；⑥蔬菜类：黄花菜 70 克，海带 41 克。大豆蛋白质和动物蛋白质都是优质蛋白质。

蛋白质由氨基酸构成，在人体必需的 22 种氨基酸中，有 9 种氨基酸是人体不能合成或合成量不足的，必须通过饮食才能获得。

婴幼儿、少年儿童生长发育所必需的脂溶性维生素、铁、钙、磷等无机盐及部分微量元素，在蛋白质食物中也同时可以获得。所以，有些儿童、少年只喜欢吃素食，怕吃鸡、鱼、肉、蛋等荤菜，或是在家长的催督下才勉强吃一点，这种做法是不可取的，必然会导致因蛋白质缺乏而影响身高。

正确的膳食原则是食物要多样化，粗细要搭配，坚持以粮、豆、菜为主，适当增加肉、鱼、蛋、奶的量，以补充身体发育的充足营养，保证身高增加的原料，促进个子长高。

维生素与身高有何关系

维生素是维持人体健康的一类低分子有机物。这些物质在人体内的含量很少，不能在体内合成、贮存，所以必须由体外的食物补充，才能维持人体正常的需要。虽然其需要量并不高，但对人体却具有重要的生理功能。维生素的缺乏是疾病、不健康和死亡的主要原因之一。可见维生素对机体的健康有多重要。作为人体必需的营养素，维生素对机体的生长发育也具有重要作用。

维生素以其溶解性不同，可分为两大类，一类是脂溶性维生素，包括维生素 A、维生素 D、维生素 E、维生素 K；另一类为水溶性维生素，包括 B 族维生素、维生素 C、生物素、胆碱、叶酸等。维生素的生理作用各不相同，相互间也不能替代。其中以维生素 A 和维生素 D 对身高的影响最为直接，在生长发育过程中是不可缺少的成分之一。而其他维生素主要维护整个机体健康状态，如果不足会导致整个机体的营养失调而影响生长发育。如 B 族维生素，几乎都是能量代谢过程中辅酶的重要组成成分，一旦发生缺乏或不足，机体的能量代谢就会发生障碍，影响各系统功能的正常运转，同样也会因此而影响生长发育的进程。

水溶性维生素在体内不能贮存。所以，必须不断地补充才能满足机体的生理需要。另外，水溶性维生素容易在加工过程中流失，其性质也往往不稳定，容易受光、热而分解。因此，每天补充显得十分重要，使机体能够一直处于良好的健康状态，对促进身高的良好发育具有重要意义。

下面着重介绍维生素 A 和维生素 D 与身高的关系。

维生素 A 是维生素家族中最重要的一个成员。人和动物几乎都需要它，是

人体必需的营养素。

维生素A与人的生长密切相关，是人体生长的要素之一。它对人体细胞的增殖和生长具有重要作用。特别是儿童生长和胎儿的正常发育都不可缺少。一旦发生缺乏，就可能出现生长的停止。因此，对身高的影响也不言而喻了。给2只同周龄的大白鼠分别服用含丰富维生素A的饲料和不含维生素A的饲料，结果前者生长良好、皮毛光滑、生气勃勃、体重增加达123克；而后者则发育不良、皮毛粗糙、呈病态、体重仅是前者的一半。研究说明，维生素A对生长发育起重要的作用。人如果摄入不足，同样会生长发育不良，使身体难以长高。

维生素A对身高的影响还在于它是骨骼发育的重要成分。如果维生素A摄入不足，骨骼就可能停止发育。另外，维生素A不足还会影响蛋白质的合成，从而影响机体的生长。

为保持良好的生长发育状态，必须在膳食中保证足量的摄入。食物中维生素A含量最为丰富的食物是动物肝脏和胡萝卜。植物中的胡萝卜素是维生素A的前体，进入体内可以转变成维生素而被机体利用。鱼肝油常常被作为维生素A、维生素D的补充物。对补充维生素具有重要作用。另外，动物肾脏、奶类、蛋类、绿色蔬菜及红黄色蔬菜、水果中都含有胡萝卜素，这些食物都可作为补充维生素A的来源。

需特别提醒的是，维生素A的摄入量也并非越多越好，它不同于水溶性维生素，摄入过量可以通过尿液排出体外。它具有蓄积作用，过量的维生素A可引起中毒，这也是脂溶性维生素不同于水溶性维生素的一大特点。中毒的情况往往发生于大量食用含维生素A高的鱼肝油、动物肝脏等的人。这需要引起重视。我国营养学会推荐的维生素A每日供给量标准如下：婴儿200微克、1岁儿童300微克、2岁为400微克、3～4岁500微克、5～13岁750微克、成年人800微克、孕妇1 000微克、乳母1 200微克。机体对维生素A的需要量取决于人的体重与生理状况，儿童处于生长发育的关键时期，孕妇、乳母处于特殊的生理状况，所以其需要量也相对较高。

维生素D是与身高密切相关的另一脂溶性维生素，也是人体必需的营养素。

维生素 D 在体内的主要生理作用是调节钙、磷代谢。通过维持血清钙、磷的稳定浓度，促进钙、磷吸收和骨骼的钙化，使骨骼能正常地生长，从而促使正常的身高增长。一旦维生素 D 的摄入不足，对成年人可能发生骨质软化症，使骨骼产生畸形；而对婴儿和儿童的影响更为严重，会发生佝偻病。这是因为缺乏维生素 D 使骨骼不能正常钙化，骨骼变软，易弯曲而变形，可表现为弓形腿、膝内翻、鸡胸、串珠状肋骨、颅骨畸形等症状，严重影响正常的生长发育和身体的增高。

人体补充维生素 D 最简便的方法是晒太阳。人的皮肤可以从阳光的照射中获得维生素 D。食物中维生素 D 含量较高的有：鱼卵、动物肝脏、蛋黄、奶油及黄油等。瘦肉、蔬菜、水果、谷物中的含量较少。鱼肝油是维生素 D 含量极高的补充剂，维生素 D 缺乏者服用后，可以得到迅速补充。

矿物质对增高有何作用

人是由几十种元素组成的一个生命有机体。这些元素除去碳、氢、氧、氮等主要以有机物的形式存在于人体外，其他的各元素统称矿物质。

根据这些元素在人体内含量及人体对它们的需要量不同，又把它们分成两大类：一类是占人体重量万分之一以上，即每人每日需要量在 100 毫克以上的元素，称为常量元素。另一类是占人体重量万分之一以下，即每人每日需要量在 100 毫克以下的元素，称为微量元素。常量元素有钙、磷、钾、钠、镁、氯、硫，为人体必需的无机盐。微量元素迄今发现为人体必需的有：铁、碘、铜、锌、锰、钴、钼、硒、铬、镍、硅、氟、钒。随着研究的进一步深入，必需微量元素的数目还可能增加。近几十年来对微量元素与人体健康的研究取得了更大的进展。

人的生长发育、身高的增长是一个复杂过程，它受众多因素的影响，如遗传因素、环境因素、运动因素、机体内分泌因素等。其中营养因素尤其重要。作为机体必需营养素的众多矿物质更是生长发育不可缺少的，甚至起着决定性作用。

这些元素中与人体身高增长较为密切的有：钙、磷、锌、碘、铁、锰、铬、氟、硒、铜等。它们对身高的影响集中表现于：其一，元素的本身就是骨骼的重要组成成分，是骨骼生长必需的原材料之一，如钙、磷、氟等。其二，它们主要通过形成结合蛋白、酶、激素、维生素等形式，影响机体对其他营养素的吸收、利用，通过改善整个机体的营养状况及新陈代谢过程而对生长发育起作用。如铁参与的血红蛋白、铜参与的铜蓝蛋白、碘参与的甲状腺素、铬参与的胰岛素、钴参与的维生素 B_{12} 以及众多的酶。特别是酶的作用不可忽视，人体几乎有一半以上的酶都有微量元素结合在其活性部位上，在激活酶的过程中起关键性的调节作用。一旦该元素发生缺乏就会导致酶活性的降低，而影响其正常生理功能的发挥，妨碍生长发育的进程。所以，营养素包括矿物质对身高的作用是多方面的，既有单个营养素的密切联系，更有整个机体营养状态的联系。合理的营养是一个综合的平衡过程。维持良好的营养状态，才能使机体处于最佳的生长发育状态，骨骼得到充分的发展。而若仅依靠于某几个营养素或仅几种食物，不注重全面、平衡的营养，这样对机体的生长发育是不利的。其三，某些微量元素摄入过多，不但对身体无益，还可能损害健康，对机体的生长发育带来危害。如过多的摄入氟，会发生氟骨症；过量的硒会导致硒中毒；过量的铁会导致铁中毒等。这种过剩的摄入，会影响正常的身高发育，也应引起人们足够的重视。

睡眠和长个子有何关系

睡眠是一种周期性的生理现象，是人类生命活动中的一个重要方面，也是保证机体生长发育、促进长高的"营养要素"。俗话说："睡得好，长得高"，是有科学根据的。

睡眠是大脑暂时性的休息过程，是一种保护性抑制，对消除大脑疲劳、保护大脑功能、增强人体免疫功能都有很大好处。更为重要的是，睡眠与促进身材增高的生长激素有着十分密切的关系。

生长激素为腺垂体分泌的生理活性物质，能直接作用于全身组织细胞，促进组织中蛋白质的合成，增加细胞的体积和数量，促进机体生长。它还能促进长骨的骺软骨细胞增生，加速骨与软骨的生长，使人体逐渐增高。

研究发现，出生第 1 天的婴儿，在沉睡时就会分泌生长激素。正常情况下，夜间分泌的生长激素比白天多，为白天的 3 倍。生长激素的分泌与释放和慢波睡眠有关。一般睡眠后 45～90 分钟开始分泌生长激素，平均在睡眠后 70 分钟达到分泌高峰。如果入睡时间推迟，生长激素的释放便随之延迟，直到睡熟，生长激素才开始分泌。如夜间不睡觉，生长激素则分泌很少。

婴儿、儿童、青春期青少年、成年人和老年人的生长激素分泌情况各不相同。婴儿一天 24 小时血液中的生长激素含量都很高，睡眠时与醒着时无明显的差异。幼儿的生长激素只在夜间睡眠时分泌，白天清醒时基本不分泌，其基础含量为 91 微克/日。8～15 岁青春期少年，虽然醒着时也分泌生长激素，但量很少，主要在睡眠时分泌，在深睡时生长激素分泌量急剧增加，高达 690 微克/日，为幼儿期的 7.5 倍。青年人和成年人的生长激素主要在夜晚分泌，白天分泌量很少，有时测不到，而且多在白天打瞌睡时分泌。老年人的生长激素在睡眠时分泌量也很少，几乎测不到高峰，白天更是测不到。

青春期的青少年，夜间其他激素的分泌也十分旺盛。例如泌乳素、性激素、黄体生成素等激素，都是对生长发育十分有益的激素。

睡眠时，脊柱、双腿、关节的骺软骨全部处于放松状态，摆脱了身体压迫及重力影响，可以自由伸展。所以早晨起床时身高比晚上要高出 0.5～1.5 厘米，可见睡眠有利于骨骼发育。

为了孩子的正常生长发育，首先应保证孩子有充足的睡眠时间，年龄越小的孩子，睡眠时间越长。一般情况下，新生儿每天睡 18～22 小时；1 岁以下的儿童，每天应睡 14～18 小时；1～2 岁的儿童，每天应睡 13～14 小时；2～4 岁的儿童，每天应睡 12 小时；4～7 岁的儿童，每天应睡 11 小时。7～15 岁的儿童，每天应睡 10 小时；15～20 岁的青少年，每天应睡 9～10 小时。

睡眠不仅要看时间长短，还应注意质量。

身心发育与身高有何关系

长高不是孤立自发的过程，心理方面的有害因子可影响儿童的身心发育，使其身材矮小。例如与社会隔绝的人，尤其是在婴幼儿时期（如印度狼孩），其生理和心理都不可能达到正常人的发展水平。

生活在较优裕的经济条件下的儿童，其身高增长较快，其中影响最大的因素为父母的职业和文化水平。家庭破裂，遭受虐待歧视，可给一些儿童、少年造成心理创伤。较长时期的情感抑郁可影响身心发育。如得不到母亲爱抚的孩子，其身高要比得到爱抚的低些，因前者体内生长激素的分泌量比后者为少，感情融洽的家庭和人际关系能给儿童安全感，有助于身高的增长。

近年来，国外有学者注意到有些孩子因为缺乏爱抚和关心而停止发育，身高进展延缓，成为矮身材，即将此称为"社会-心理-矮小综合征"，也有将其称为"社会心理型侏儒"。他们生长落后的关键原因是不良环境对中枢神经系统（尤其是下丘脑）长期形成的恶性刺激，导致下丘脑分泌生长激素不足。本症的表现有：心理紊乱、生长发育缓慢（有时一年还长不了 3 厘米）、青春期延迟等。这些表现的可逆性是本症的特性，当孩子离开不良的家庭或环境后，其矮小现象等就可能得到纠正。但也有专家指出，不少儿童离开上述恶劣环境后并不一定好转，故提出预防性措施：准确弄清不利因素、环境；从妊娠、出生时即开始检查有无不利因素；有关家庭应负起责任，注意孩子的营养，改善孩子的社会-心理环境。

合理安排生活有利于增高吗

合理的生活安排非常重要，儿童能得到足够的户外活动、适当的学习、定时进餐以及充分的睡眠，对生长发育有很大的作用。这是因为在合理的生活安排下，包括大脑在内的身体各部分的活动和休息都能得到适宜的交替，加上及时补充营养，保证能量代谢正常进行，有利于促进身体各部分的充分发育。许多婴幼儿进园入托后，由于生活有规律，饮食营养调配合理，其身高、体重的增长以及动作的发育，往往较留在家里生活者更为显著。

有人对血液中生长激素浓度在一日内的变动情况进行研究，结果得知，生长激素的浓度在夜间明显升高，内分泌系统所释放的生长激素夜间要比白天多得多。因此，保证儿童、青少年充足的睡眠是促进身高的必要措施。

如何防治"矮而胖"体型

所谓"矮而胖"体型，是指颈短肩窄、臂粗腹大、臀区肥厚、体重超标的体型，又称为肥胖体型，俗称"胖墩儿"。

现在独生子女多，人们生活水平也在提高，市场食品供应丰富，许多青少年饮食的数量和质量都是既多又好，这带来了营养过剩的新问题。据调查，城市每百名儿童中，就有两名是"胖墩儿"。

供应热量的营养素是蛋白质、脂肪和糖类。如果我们吃进去的食物的热量长期超过身体的需要，多余的热量便会转化为脂肪，存在体内便使人发胖。肥胖体型也和休息过多，运动过少，身体消耗少，热能储存过多有关。此外，与遗传基因也有一定关系。据调查，父母为肥胖体型者，他们的子女中约有 2/3 会肥胖。

怎样判断自己是否肥胖呢？比较简单的方法就是和标准体重比较。成人用本人的身高（厘米）－105，剩下的就是标准体重的千克数。在标准体重的±10%以内，均为正常。超过标准体重 20%以上者称为肥胖，超过 10%者称为"过重"。儿童的合理体重（千克）可以用"年龄×2＋8"这个公式来计算。有人调查，13 岁以前的少年儿童，如体重超过 20%，30 岁以后，80%～90%会长成大胖子。

体内堆积的脂肪过多，还会沉积在动脉管壁，成年后可诱发冠心病、原发性高血压、糖尿病、高脂血症、脂肪肝、胆囊炎、胆石症、痛风等疾病。所以矮胖体型并不是"富态"体型，应从以下方面进行预防：一是节制饮食，防止营养过剩。应该控制主食，适当吃些粗粮、杂粮；不吃零食及油腻食物，少吃或不吃甜食；适量进食含优质蛋白质的食物，如瘦肉、牛奶、蛋类、鱼虾、豆类和豆制品；多吃新鲜蔬菜、水果。二是加强体育锻炼。据研究资料提示，跑步、打球、游泳等体育锻炼所消耗的热量要比静坐时多5~20倍。儿童、青少年应坚持参加体育锻炼，以消耗多余的脂肪，增强体质。

以上讨论的是单纯性肥胖体型的防治问题。引起矮胖体型的另一类原因是继发性肥胖，由内分泌疾病或先天性遗传疾病所导致。继发性肥胖所造成的矮胖体型，应及时去医院检查诊治，对症用药。

体育锻炼为何能促进长个子

在人体内，骨和其他器官一样，经常不断地进行着新陈代谢。当体内环境或外界环境发生变化时，结构上也可发生改变。因此，在适当的营养保证下，体育锻炼和体力劳动是促进身体发育，尤其是骨骼和肌肉发育的最有利因素。锻炼有利于平衡骨骼及全身的钙、磷代谢，加速矿物质的骨内沉积，使骨密度增加。长期锻炼者的骨骼直径增粗，骨髓腔增大。体育锻炼能促进全身血液循环的加快。供给身体各器官的血液增多，供给骨骼的营养也就多，可促使骨骼更好地发育增长。可见，在儿童、青少年时期，即在骺软骨完全骨化前，积极参加锻炼有助于长高。

近年来国外学者的研究证明，儿童、青少年在进行体育锻炼和睡眠时，其血液中生长激素含量增加，说明体育锻炼可以促进生长发育，对身高增长的作用非常明显。总之，经常进行体育锻炼，就能促进血液循环，增加骨的血液供应，使正常生长的骨获得更多的养料，从而加速其生长过程。同时，合理的体育运动可以使骨承受适宜的压力，这种压力是促进骨生

长的良好刺激。我们强调的是要进行户外活动，因为人的骨骼是由有机质（主要是蛋白质）和无机质（主要是磷酸钙等）组成。有机质和无机质的结合使骨骼坚硬又有一定的弹性。人体必须有足够的维生素 D 才能很好地吸收钙和磷，因此，进行户外体育锻炼，一方面能呼吸新鲜空气；另一方面在阳光的照射下可使人体内的 7-脱氢胆固醇转化成维生素 D，促进钙和磷的吸收，加速骨的生长。

哪些体育运动可以增加身高

在人体内，骨骼和其他器官一样，经常不断地进行新陈代谢，当体内环境或外界环境发生变化时，结构上也会发生改变。人在体育运动时，血液循环加快，新陈代谢旺盛，生长激素分泌量明显增多，骨骺（即长骨两端的部分）、肌肉均能获得充分的营养，可以促进身体的发育，身体就会长得更高一些，增高得更快一些。

哪些体育运动项目可以促使青少年长个子呢？主要有以下三类：

第一类为下肢运动。包括跳绳、跳高、撑竿跳、跳远、纵跳、单足跳、双足跳、登楼梯、登山、远足、散步、滑冰、滑旱冰、滑雪等。

第二类为伸展运动。包括做健美操、健身操、韵律操、徒手操、持棍操以及在单、双杠上做引体向上、悬垂、摆动、回环、扩胸后仰、踢腿摆腿、压腿等展身运动；夏季游泳也是四肢伸展活动的好项目。

第三类为全身性运动。包括篮球、排球、乒乓球、网球、羽毛球等球类和划船等。

户外体育运动比室内运动更能促使青少年、儿童增高。有两项体育活动特别有利于增高，值得提倡。

踢毽子：这是一项民族风格的带有游戏性质的体育运动。由于它不受场地限制，晴雨天、室内外均可进行，时间也可以自由安排，所以很受儿童、青少年的喜爱。踢毽子时，腿、足、腰、髋、膝、踝等部位均可得到充分活动，能加速全身血液循环、促进新陈代谢、增加肺活量、改善内脏功能，还能锻炼关节的柔韧性和灵活性，使骨骼、身躯都得到很好的锻炼。

跳绳、跳牛皮筋：这两项活动都是适合儿童健身增高的活动，不需特殊场地和器材，简易精巧，还能产生独特的"通经络、长骨骼、温煦脏腑"的效应。中医认为，足是人体之根，有 6 条经脉和许多穴位在足部汇合交错，所以跳绳、跳牛皮筋可起到疏通经络、促进血液循环、促进儿童下肢骨骼生长的作用。

七、孤独症

什么是儿童孤独症

儿童孤独症又称儿童自闭症，与儿童感知、语言和思维、情感、动作以及社交等多个领域的心理活动有关，属于发育障碍。很多国家对儿童孤独症的患病率进行调查，加拿大为万分之十，美国为万分之四，日本为万分之七。我国尚未进行流行病学调查，从有关临床病例的统计中发现：男性发病率高于女性，比例大约为 5∶1。调查研究发现一些有趣的现象：儿童孤独症患者的父母具有较高的社会经济地位；在孪生子女中，单卵孪生子女中若有 1 个患孤独症，另一个的患病率高达 36% 左右，而双卵孪生子女中却没有这种现象。这说明孤独症的发生与遗传有一定的关系。

研究发现，儿童患者脑中鸦片素含量过多，故常出现孤独、麻木症状和感情交流障碍等。到目前为止有多种病因学说，但究竟是什么原因引起的儿童孤独症，尚未明确。

儿童孤独症常见以下行为特征：①与周围人的情感交流受限。孤独症患儿不同程度地分不清亲人或陌生人，在与人交往过程中，不看对方的脸，回避眼光的接触。喜欢独处，一人玩反而自在，缺乏同情心。②保持固定生活模式。对生活环境要求刻板，家具的移动，以至饮食起居的改变都会引起他们情绪变化。比如，发怒或恐慌，有些患儿严重得甚至连吃饭时坐的位置、碗和筷子放在什么地方，甚至上厕所用哪个便池都不能改变。③言语障碍。儿童孤独症患者多言，但领会能力低，常用词不当。发音不正，发出怪腔怪调。④孤独症患儿常坐不住，活动过度，以脚尖走路。他们的注意力分散，习惯东张西望或作伸颈、装相等怪异姿势。

一般说来，具有以下三个基本特征，就可诊断为儿童孤独症：①对人普遍缺乏情感反应，严重影响社会性相互作用。②语词性和非语词性交往和想像性活动严重减少。③刻板、重复或仪式性行为，严重约束生活活动。通过治疗，可减少行为症状、促进发育。常见的治疗方法有：游戏、拥抱、家庭、药物疗法等。

孤独症是一种现代社会的疾病吗

"孤独症"这一概念是由美国精神病医生于 1943 年提出并确定的。但孤独症的现象则是在其概念被确定之前就已经存在了，可以说孤独症有一个很长的过去，但却有很短的历史。即孤独症这种疾病的发生与现代社会的环境没有直接的联系。

初听到"孤独症"的人，往往联想到性格孤僻或内向，即把它与某类纯心理障碍疾病联系起来，认为这孩子一定是受到某种来自外界环境的刺激而发生障碍。也曾有人认为是因为他们往往有一个不良的家庭气氛，如父母性格怪异或母亲忙于工作而使孩子在发育早期（婴幼儿阶段）受到忽视……这类被称做"心理环境"的因素被研究结果所否认。研究结果表明，孤独症的发生与大脑系统的生理结构异常有关系，只是目前尚无法确定是什么原因导致大脑系统的异常结构。虽然孤独症并非为纯心理方面的障碍，但有心理障碍疾病的人，由于其在感知加工功能方面受到影响，也可能引发孤独症表现。

孤独症儿童会有心理障碍吗

虽然该孤独症并非是纯心理障碍疾病，但并不能忽视孤独症儿童的心理障碍，与此相反，在与孤独症儿童接触或对他们进行干预训练时，必须考虑到他们的心理特点。孤独症儿童由于其社会交往能力非常弱，很难与周围的人发生正常的沟通行为，这就会使其产生心理结构异常，发生孤独症患者所特有的心理障碍。换句话说：就像盲人、聋人、肢体残障者会由于他们自身的障碍产生心理压力一样，孤独症患儿在成长过程中，也会由于他们的孤独症障碍产生心理上的发育偏差和异常。最常见的现象就是：在与他人的交往当中表现出愈来愈退缩的结果，如玩弄自己身体的某一部分，依恋某件物品或某项单一的活动；在必须与人对话时移开目光或跑开；看似莫名其妙的哭闹或笑；伤害自己的身体或攻击他人等。

孤独症有什么特征

孤独症儿童的症状表现主要从观察其行为特征中得知：

（1）没有依恋行为：不理人、自己玩自己的；不黏人（不会像一般孩子一样缠着大人不放，喜欢大人抱他、逗他、陪他玩）。有人形容他们把父母视为"生活的工具"，要吃什么东西才去拉妈妈的手（而不是"情感对象"），平常没事就不理妈妈。

（2）对亲人和生人的反应没有很大的差别：看到妈妈来了、爸爸下班了，不会表现出特别高兴，常常是没有什么反应；看见陌生人也不害怕，不认生。

（3）对人际关系不感兴趣：对团体游戏活动不感兴趣，很少主动找人玩，很少主动参与一群人的交谈，也很少能和他人维持真正持久的友谊。随年龄增长，有些人会在人际关系上有所进步，但仍表现出对"人"不感兴趣的特征。

（4）语言沟通障碍：即通常所说的语言发育迟缓。许多家长之所以带孩子到医院，就是因为"几岁了，还不会说话"。主要表现还有咬字不清，说话速度太快，音调太高或太低；说个别字词，而不说完整的句子；仿说现象明显，如背诵诗歌、广告词或重复他人的问题；难以交谈，如被动回答、答非所问、重复提问、话题单一；人称代词错用，常常是不用人称代词，"我"与"你"混淆。

（5）非语言沟通障碍：不使用眼神传达信息或感情，眼光常飘忽不定；不会用手势、表情、身体动作与妈妈或其他人交流。

（6）对人、物的固定反应：对亲人或生人说固定的话，做固定的动作，不懂得应因人、因时、因地不同而有所变化；对待玩具或某些物品有固定的摆放或摆弄方式；对于某些物品有依赖性。

（7）日常生活中有固定的仪式：往往表现在吃饭、睡觉、上厕所前后及出门前和刚回家时，会说固定的话，做固定的动作，这些都被称作"仪式性的行为"。

（8）自我刺激：很多孤独症的孩子，对自己的身体有固定的"使用方法"，例如，斜眼看人，走路踮脚尖，用手摸嘴唇、耳朵或其他身体部位，玩手指、拍手、跺脚，身体前后摇晃，原地转圈等。

（9）对外界反应过弱：很多孤独症孩子的父母形容孩子"听而不闻""视而不见"，因而有过带孩子去看耳、鼻、喉科的经历。他们常表现出一种事不关己，若无其事的样子，好像永远活在自己的世界里，外界发生的事情沾染不到他们。

（10）对外界反应过强：也有很多孤独症的孩子，对日常生活中一些微小的改变，以及一般人不以为然的小刺激，他们却有很强烈的反应，如用双手捂住耳朵，好像能听到旁人感觉不到的声音刺激，也有人对某些气味、色彩、形状、质感等反应过于兴奋或恐惧。

孤独症是怎么得的呢

孤独症的发病原因至今不明，但可以肯定有神经生理方面的变异。遗传曾被认为是重要的影响因素之一，目前全世界都在进行有关病因的研究，但研究结果尚不能证明遗传是惟一造成孤独症的原因。另一条线索集中在寻找脑功能的变异上。在脑系统的不同区域都发现了各种变异的存在，目前可以肯定脑部大范围区域的神经生理损伤是重要的因素。总之，关于孤独症的发病原因，最新研究的结果趋向于"多因素致病"说，即不只有一种导致患病的因素。

虽然对孤独症发病原因的研究尚没有实质性的突破，但那种认为孤独症是由于后天环境原因所致的说法已被否定。目前一致认为患儿脑部的损伤在出生前或产程中就已经产生了。

如何确定孩子患有孤独症

首先，当发现你的孩子有语言发育迟缓的现象时，要带孩子到医院去检查。一般是由儿童精神科的医生进行诊断。有位美国精神科医生曾说过："如果你的孩子在说话方面比别的孩子弱，首先怀疑他是否患有孤独症。"

由于在孤独症的发病部位及致病因素方面还没有准确的实验数据及有效的检测工具，因此诊断的依据不是化验或仪器检测结果，而是根据幼儿异常的外在行为表现，至 20 世纪 50 年代全世界曾有近 40 种诊断标准体系，但随着时间的推移，有 2 种标准体系逐步赢得了各国普遍的认可，它们是 DSM（美国精神医学会的精神障碍诊断与统计手册）和 ICD（国际疾病分类）。

孤独症儿童是弱智儿童吗

弱智儿童通常是在各个方面的发育、发展均比一般人迟缓，但发展的次序则基本保持正常。弱智儿童的智商有可测性，他们在感知、社会交往、兴趣及语言等各方面的发展与其智商成正比。

孤独症儿童虽然伴有全面性发育迟缓现象，但发育次序异常，且各方面发育不平衡。如有的儿童大、小便完全不能自理，却能有很强的计算、绘画能力；有的儿童完全没有或只有

极少的语言，却在记忆力方面、识别颜色方面表现突出。孤独症儿童由于社会性极弱，在人际交往的能力和主动性方面远远低于弱智儿童，目前尚没有能准确测量孤独症儿童智商的工具。

如一位同时教过弱智儿童和孤独症儿童的培智学校老师所体会的：弱智儿童愿意学，却学不会；孤独症儿童是能学会却不愿意学。

孤独症与听力障碍（失聪）的区别是什么

听障儿童即我们常说的聋哑儿童，是因为个别感觉器官（听觉系统）受损所致。虽然他们因为失去听力而发生语言障碍（失去用语言表达的能力），但他们不会因此而失去主动观察、了解及与外界交往的兴趣。听障儿童会用身体动作、眼神、面部表情等其他工具努力与人进行交流与交往。

虽然孤独症儿童最容易引起人们注意的表现是"不说话""听而不闻""不理会外界的声音"，但他们的听觉系统基本上是完整的，只是因为大脑中枢系统的障碍使他们失去对外界正常反应的能力。同时孤独症儿童除了几乎不能使用语言进行交往外，他们的另一个特征是不运用手势、眼神、表情等其他交流工具与他人进行交流与交往。

必须确定参加听觉系统训练的儿童是否是由于听觉敏感所导致的孤独症，否则听觉系统训练对于他就失去了前提条件。

孤独症与语言发育障碍有什么不同

语言障碍儿童的状况与孤独症儿童不同，前者在感知反应上不会有异常，在与人和物相处的方式上也是正常的。他们能够模仿别人，用手势来表达抽象的内容（与听障儿童相似），虽然有时会有较少的"鹦鹉式"对话。在参与想象性游戏和小组活动方面与正常儿童同样有兴趣。

孤独症儿童在集体性活动和游戏中表现出明显地不适应（不介入），更无法参与想象性游戏。对于游戏的规则完全忽视或不理解，对游戏的结果（是否赢了）不在意，常对小组性活动和游戏不感兴趣。当其他儿童专注于游戏之中时，他们往往游离于游戏外。

孤独症是儿童期精神分裂症吗

精神分裂症儿童的特征是思绪混乱，而开始发病的时间通常较迟。孤独症儿童的发病时间是在 36 个月以前。有一位美国精神病医生这样描述：精神分裂症儿童是力图从这个世界逃出去；而孤独症儿童是从来没有进来过。

孤独症可以治愈吗

由于尚不明了孤独症的发病原因和发病部位，因此仍没有效果显著的医疗手段。从这一意义上讲孤独症目前属于无法治愈的疾病，也就是说孤独症将长期甚至终生伴随着患者。但如果"治疗"定义为并非仅指医学治疗，而是包括一切能够有效促使患儿病情好转，增强他们社会交往能力及适应能力的训练疗法，目前国际上各种类型的训练疗法则是名目繁多。

由于孤独症的各种表现可能分散出现在患儿不同的发展时期，且不同的患儿的具体表现也往往各不相同，很难进行比较。所以，在面对不同疗法和训练手段时，不能因某一种方法适合某一患儿或曾对某一患儿病情的好转有显著疗效，而把这种疗法视为普遍适用的治疗手段。

训练能治好孤独症吗

假如把"治好"理解为医学上所指的"治愈"，即患儿不再有孤独症，导致孤独症的大脑生理异常结构完全消失，那么从目前我们所获得的国内外研究与临床信息来看，通过"训练"而"治愈"的孤独症患儿几乎可以说没有。但经过坚持不懈的训练矫治，达到能够进行生活自理，甚至是独立生活并展示出良好发展状态的个案是很多的。有些孤独症患者在成年后能够将自己的成长经历写出来（有的正在上大学，有的从事设计方面的职业），但从专家对他们的评述中，仍能够感觉到他们的举止透出典型的孤独症痕迹，只是这点不再具有将他们与社会生活隔绝开来的障碍力。当然能够达到这一程度的患者虽只是极少数，并且与他们一直得到良好的训练是分不开的。

虽然训练不能让孤独症患儿彻底痊愈，但训练对于孤独症患者的矫治作用却是不容忽视的。孤独症儿童由于本身的发育障碍失去正常、健康发展的内在能力，但并不意味着只能看着他们陷在自闭状态中而无可奈何。

国内外几十年的研究和实践证明，孤独症儿童具有极强的可塑性，教与不教，教得是否得当，他们的发展方向是完全不同的。"好的方向"就是他们能够逐步具备社会适应能力、生活自理能力、与人交往能力、甚至在接受培训后从事某项工作而达到生活自立。否则听之任之，孤独症儿童很难随年龄的增长而逐步好转，相反往往会发展出愈加严重的情绪、心理、行为等障碍，使得他们周围的社会甚至家人都感到越来越不能忍受他们。而由于被他人排斥，孤独症儿童的挫折经历就会越来越多，这将进一步把他们推向更加自闭的状态。

训练要进行多长时间

对孤独症儿童的训练是一个长期而系统的干预工程。训练不同于服药或手术，一个疗程或手术后明显康复。训练是一个复杂的过程，需要训练者有丰富的经验和极大的耐心和恒心，并且对于孤独症儿童来说，几乎在他们成长的全部阶段都需要伴随有训练矫治，因此家长首先要有打持久战的准备。只要坚持正确的训练方法，你就会发现孩子在不知不觉中学会了你以前认为不可能学会的东西，具备了你以前认为不可能具备的能力。美国孤独症研究所所长瑞姆兰博士（一位家长，儿童心理医生）就曾经说过："当你面对孤独儿时，要努力去感觉他这一段时间又学会了什么。"一位已帮助自己的孤独症女儿成功地走上独立生活的德国母亲感叹说："孤独症的孩子能走多远，只有上帝知道，我想知道的是，与昨天相比，我的女儿今天又学会了什么。"一位中国母亲经过十余年努力使自己孤独症的孩子在正常学校坚持上完小学六年级，又看着她进

入中学，不无自豪地说："我现在才感到自己是多么有成就。"

孤独症儿童有最佳训练时期吗

孤独症儿童的训练开始得愈早，效果会愈好。一旦孩子被诊断（或怀疑性诊断为有"孤独症倾向"），就要为他提供干预性的训练，因为训练是目前惟一证明有效的矫治途径。在发达国家和地区，患孤独症的孩子多在 3 岁左右被确诊，因此"3～6 岁"一直是专家们建议的最佳训练期，同时也因为这一时期也是儿童大脑发育的重要阶段。实验证明孤独症儿童若在学前经过训练，他们的智商可以提高十二点。美国新泽西州大学的有关研究工作于 1991 年证实了这一点，这一研究表明，孤独症儿童在学前阶段接受训练后智力发展的潜力超过了正常儿童，因为研究中同样接受学前训练的正常儿童，可以取得好成绩，但几乎不会发生智商的变化。这个测试结果，证明了对孤独症儿童进行早期训练是行之有效的，并说明 3～6 岁是关键期。许多个案也证实，即使是超过这一年龄阶段，方法正确的训练也会使患儿有很大改善，放弃训练矫治，孩子的状况只会愈来愈差，只要开始就不会太迟！

只教不治能行吗

孩子得了孤独症，不是打针吃药，却要接受特殊教育。这对于习惯上"有病就求医"的观念是一种修正，即孤独症儿童目前"有病要求教"。许多家长在开始时会对这一观点产生怀疑，有的认为应该先四处求医，治好了再教。这是因为他们不知道如何才能使孤独症儿童康复，怎样做才算是真正帮助他们。对孤独症儿童，只是表面上的认识，而缺乏对其本质的了解。其实孤独症儿童的最大障碍是交往障碍，包括语言交流障碍。他们常常沉浸在封闭的自我世界中，究其原因是其缺乏或者说是没有与外界交往的能力。而只有通过教育才能帮助他们建立这种能力，使他们从自我世界中走到现实生活中来。当然，我们不排除随着医学的发展，药物会起到一定的作用。但是到目前为止，尚没有一种医疗手段能够替代教育训练的作用。因为能力的获得不是与生俱来的，而靠后天的培养教育逐步得来的。药物只能还人以健全的躯体，为能力的获得提供可能性，而不能起决定作用。这正如众所周知的"狼孩"，虽然其有健全的躯体，但由于没有人类的教育环境，因此她只能像狼一样号叫，最终能发出的有限的语言，还是由于教育的作用产生的。因此可以这样说，对孤独症儿童的帮助应是以教育为主，药物为辅。

早期训练应早到什么时候

早期训练（或早期教育）分为两个阶段：早期干预和学前教育。它们都属于特殊教育范畴，特殊教育是指针对有特殊需要的儿童进行的教育。以前，有特殊障碍的孩子只是在学龄期进入学校后才得到特殊教育服务，但是现在的认识是特殊教育要从早期干预计划做起。因此，在美国，义务教育法规定正常儿童的义务教育从 3 岁开始，特殊儿童则从诊断之日起就必须为其制定教育计划了。

（1）早期干预：从诊断之日起（3 岁之前），通过为残障儿童制定的特殊教育计划，而为残障儿童提供的教育干预。这种情况主要是针对各种患有像孤独症一样尚无法通过医疗治愈的疾病的婴幼儿。计划因每个残障儿童的特点不同而异，但它们的目的都是相同的，尽量减少障碍对儿童发展的影响。早期干预专家应用有针对性的训练及教育方法，帮助残障儿童掌握他们不易学会的技能，专家的另一项重要任务就是教会家长掌握这些训练技巧，并在日常生活中使用他们。孤独症儿童尤其需要得到早期干预服务，因为他们具有巨大的发展困难，每个孤独症儿童都会从早期的积极的训练中得到帮助，并且他们能越早克服行为问题，如发脾气、自我刺激与娱乐，他们就会在今后的学习活动中越少受到这些行为的干扰。

（2）学前教育：3～6 岁（上学之前），为孤独症儿童制定个别教育计划，以为孤独症儿童具备进入家庭以外的社会单元的能力为主要训练目标，通过在生活自理、对他人指令的反应、愿望的表达、群体生活中的跟随能力等几方面的技巧训练，帮助提高孤独症儿童的社会适应能力，减少他们进入幼儿园、学校生活的困难。

为孩子提供早期教育的关键是什么

若想让孤独症儿童尽早地得到早期的干预，早期识别是关键。要做到早期识别又取决于两个环节：医院和家长。

首先是医院的诊断能力。可以说衡量一个国家或地区孤独症儿童的康复条件是否先进的重要标准之一，就是看在那里有多少患儿是在 3 岁之前就能得到明确诊断。我国不少家长都有过这样的经历，从孩子很小时就发现异常，但在四处求医几年后才得知孩子患的是孤独症。因此，建立儿科医生早期诊断体系是一个迫切的问题。

其次，将要为父母提供识别发育障碍的基本常识。因为只有父母对问题敏感，他们才能把有问题的孩子送到医院检查。不少孤独症儿童父母在孩子 3 岁甚至更晚时才送其去医院诊治，当被确诊为孤独症时，常痛心地说"这是怎么回事呢？他小时候完全正常呀！"这往往并不能反映真实情况，只是当孩子早期有表现时，父母由于缺乏有关信息和专家指点，未能重视到问题罢了。

作为家长如何在婴儿期观察孩子的表现

在我国，因为实行计划生育政策，父母缺乏曾带过一个正常孩子的经验。因此，即使孩子在婴儿期已表现出一些特征，也往往会被忽视。直到 3～4 岁时，孩子的发育问题已到了毋庸置疑的程度时，才想到带他去医院检查，就这样错过了对孩子进行早期干预的时间。

2 岁前儿童孤独症的早期特征有：

出生时：没有特征。

3～10 天：没有明显特征。

4～6 周：常哭闹，但并不是由于有需求，如饿了。

3～4 个月：不笑或对外界逗引没有笑的反应，不认识父母。

6～7 个月：对玩具不感兴趣，别人要抱他时，不伸出手臂。举高时身体僵硬或松弛无力，不喜欢将头依偎在成人身上，没有喃喃自语。

10～12 个月：对周围环境缺乏兴趣，独处时呈满足状。长时间哭叫，常刻板行为（摇晃身体、敲打物品等）。拿着玩具不会玩，只是重复某一固定动作。与母亲缺乏目光对视。对其他人不能分辨，对声音刺激缺乏反应（像耳聋），不用手指人或物品，不模仿动作，语言发育迟缓（发音单调或莫名其妙的声音，不模仿发音，更没有有意义发声）。

21～24 个月：睡觉不稳，有时甚至通宵不眠。不嚼东西，只吃流食或粥样食物。喜欢看固定不变的东西，有刻板的手部动作（如旋转、翻动、敲打、抓挠等）。肌肉松弛，常摔倒。缺乏目光对视，看人时只是一扫而过即转移别处。没有好奇感，对环境的变化感到不安或害怕。可能出现学舌，但迟缓，对词语理解。

为孤独症儿童提供早期训练应注意什么

（1）没有一种专门的"孤独症训练法"，孤独症儿童的训练方法是多种学科的综合切入，首先涉及特殊教育学、心理学、行为学、儿童发育发展心理学等。关键是训练者一定要有丰富的孤独症知识和临床训练经验。

（2）由于孤独症儿童的个别差异很大，所以训练方案必须具有个别化的特点，即因人而异。制定训练方案之前，被训练的儿童应经过专业工作者系统的观察与测试。

（3）家长的参与是非常重要的。

（4）训练应在专业工作者的指导下有系统的进行。因为不适当的训练内容及学习要求，会给患儿带来困难并因遭到挫折的体验而退缩，在这种情况下，他们会用退缩回避带有攻击性的行为方式保护自己，逃避与别人进行学习性的交往活动。

（5）早期训练是促使孤独症患儿生长正常化过程中的一个环节。强调早期训练的有效性，往往会使人产生过高的期待和希望，从而低估孤独症儿童生长发育障碍的严重性，对孤独症儿童进行早期训练、诱导是一种行之有效的方法，但不是能在短时间内使有孤独症障碍的孩子步入正常轨道的灵丹妙药。

训练的目的是看他是否学会了某个知识内容吗

无论采用哪种训练疗法体系，首先应明白训练的目的是帮助孤独症儿童体验到与人交往的愉快感，提高他们在社会交往中的主动和自制能力。因此，无论与他做什么活动，都要注意：①使他在愉快的交往活动中体验到完成一个课题的成就感；②激发他乐意"主动参加"的内在动机；③帮助他建立人际交往中"是"与"非"的概念。从这几点出发，无论是哪种训练方法，在实施过程中所进行的项目都只是手段，其目的是促进孤独症儿童的社会交往能力，提高他们的社会适应能力。例如，训练患儿识别颜色只是手段，目的是让患儿在与训练者学习识别颜色的过程中体验到学习是愉快的，与人交往和配合是愉快的，只有这样才能为他进一步具有学习能力打下基础。

对训练常见的错误认识是什么

最常见的错误认识就是将目的与手段混淆，如误以为训练的目的仅仅是让孩子学会识别颜色，因而在训练过程中强迫孩子长时间被动配合，这样做的结果往往是孩子可能认识了几种颜色，但他对于训练活动——这一必须与人交往的过程产生恐惧和厌倦。而这只会对孤独症患儿潜在的社会适应能力起到破坏作用，甚至使他们越来越难以与人配合，越发自闭。所以在不管采用什么方法教孤独症儿童识别颜色时，训练者首先要意识到：识别颜色是借以与患儿发生交往的手段，而导入愉快的交往则是目的。在明确这一点后，训练者的任务就是把握如何让患儿在愉快的交往中学习识别颜色及在识别颜色的过程中体验愉快的交往。事实上（不只是对于孤独症患儿）对所有的人来说，要想顺利地融入社会生活，首先取决于每个人是否"乐意参加"，而不是靠被动的压力。

大量训练疗法的有效性研究证明：在对孤独症患者进行感知及人际交往障碍训练时，训练者（治疗者）与患者之间的关系是关键中的关键。能否建立融洽的关系是衡量该项训练是否有效的最重要的标志。

让孩子在哪里接受训练最好呢

孤独症儿童的早期干预与训练，一般分两种场合进行：

（1）家庭训练：在国外，家庭训练由专业训练者小组到家庭中指导家长进行，他们可能是集体来，也可能分别来，至于每周来几次，要视孩子的需要及家庭居住的社区提供训练指导的能力而定。在美国，家庭训练的指导一般持续到孩子 3 岁时为止。家庭训练可使家庭在专业训练者的指导下学会训练孩子的具体技巧，并使训练者了解该患儿的家庭环境并提出有针对性的建议，为家长、专业训练者对孩子的问题及进步提供良好的沟通机会。

（2）专业训练：专业训练指的是让孤独症儿童到专业训练机构参加训练。在国外，专业训练机构分设在普通学校、民办残障中心内或是专为孤独症设置的训练机构，专业训练始于 3 岁，持续到 6 岁（学龄），所以专业训练就是早期教育的第二个阶段学前教育阶段。

操作家庭训练的前提有哪些

在家庭中对孤独症儿童进行训练，应具备以下几个条件：

（1）家庭成员应了解有关孤独症的知识，了解孤独症儿童的一般性特点和自己孩子所独具的特点。

（2）家庭成员应学习和掌握孤独症儿童训练的基本理论和操作技巧。

（3）按照由专业机构或人员为孩子制定的个别训练计划，对孩子进行有计划、有系统的训练。

（4）定期请专业人员对孩子评估。

要具备以上前两点，就需要家庭成员学习有关资料、参加关于孤独症知识的讲座、家长交流，参加训练技巧培训班等活动；要具备以上后两点则需要孤独症儿童的家庭与专业训练机构及人员保持联系，将家庭训练置于专业指导之下，保证训练的有效性。

八、儿童铅中毒

铅中毒有何危害

铅中毒的危害主要表现在对神经系统、血液系统、心血管系统、骨骼系统等终生性的伤害上。

铅对中枢和外围神经系统中的特定神经结构有直接的毒害作用。在中枢神经系统中，大脑皮质和小脑是铅毒性作用的主要靶组织；而在周围神经系统中，运动神经轴突则是铅毒害的主要靶组织。其中铅对神经系统的毒害主要表现为以下四种：①使铅中毒者的心理发生变化，例如成人铅中毒后会出现忧郁、烦躁、性格改变等症状，而儿童则表现为多动。②铅中毒会导致智力下降，尤其是儿童会出现学习障碍，据报道高铅儿童的智商比低铅儿童平均低 4～6 分。③铅中毒会导致感觉功能障碍，例如很多铅中毒病人会出现视觉功能障碍：视网膜水肿、球后视神经炎、盲点、眼外展肌麻痹、视神经萎缩、眼球运动障碍、瞳孔调节异常、弱视或视野改变；或嗅觉、味觉障碍等。④铅对周围神经系统的主要影响是降低运动功能和神经传导速度，肌肉损害是严重铅中毒的典型症状之一。

铅对血液系统的危害主要表现在两个方面，一是抑制血红蛋白的合成，二是缩短循环中的红细胞寿命，这些影响最终会导致贫血。

铅对心血管系统的危害主要表现在：①心血管病的死亡率与动脉中铅过量密切相关，心血管病患者血铅和 24 小时尿铅水平明显高于非心血管病患者。②铅暴露能引起高血压。③铅暴露能引起心脏病变和心脏功能变化。

骨骼是铅毒性的重要靶器官系统，铅一方面通过损伤内分泌器官而间接影响骨功能和骨矿物代谢的调节能力，另一方面通过毒化细胞、干扰基本细胞过程和酶功能、改变成骨细胞-破骨细胞偶联关系并影响钙的代谢，直接干扰骨细胞的功能。

由此可见，铅中毒的危害之严重，因此预防和检测工作就变得非常重要。可是铅中毒后的症状往往非常隐蔽难以被发现，所以目前最可靠的方法就是血液检查。

我国儿童铅中毒的现状如何

当前，各种对儿童铅中毒的宣传铺天盖地，"驱铅""铅魔""排铅"等字眼充斥某些平面媒体。专家表示：我国儿童的铅中毒状况被有意夸大和利用，实际需要使用药物乃至住院治疗的儿童比例不到 1%。

铅中毒被称为儿童的隐形杀手。通常认为 0～6 岁的儿童对铅的毒性高度敏感，以后随着年龄增大，对铅毒性的抵抗力也就越强。一般说来，重度以上铅中毒，也就是当儿童血铅水平高于或等于 450 微克/升以上时，可对儿童全身多系统造成损害：如损害造血系统引起严重贫血；损害肝和肾功能；损害消化系统导致严重腹绞痛、便秘和恶心、呕吐；损害神经系统严重影响孩子的智力、产生头晕、头痛，甚至导致中毒性脑病，出现昏迷和死亡等。中度铅中毒儿童，可能产生轻微贫血症状；影响儿童的行为发育，导致儿童产生冲动、暴力、孤僻等异常行为；损害儿童的记忆力、注意力、阅读能力和抽象思维能力，影响儿童的智力发育；干扰儿童体内维生素 D 的代谢，影响钙的吸收，甚至影响体格生长；有些儿童可能会出现便秘、腹痛等消化系统症状。长期处于这一水平还可增加成年后发生高血压的机会，甚至损害成年后的生育能力等。对于轻度铅中毒儿童，大量的研究证实：这样的血铅水平仍然对儿童的智力发育等存在一定影响。儿童的血铅水平每上升 100 微克/升，智商要下降 6～8 分。

经过 10 年的努力，尤其是环境污染治理力度的加大，我国儿童平均血铅水平已出现明显的下降趋势。如北京、上海等一些大中城市从 1997 年起率先推广使用无铅汽油，环境中的铅浓度已经大幅度降低；上海市 1998 年就实现了城市家庭液化气率 100%的目标，意味着消除了因家庭燃烧煤所造成的室内小环境铅污染。

目前，我国大多数城市儿童的平均血铅水平在 50～90 微克/升，＞100 微克/升的比例在 10%～40%，而高于 200 微克/升的比例＜1%～2%，儿童血铅水平＞450 微克/升，需要用药物进行驱铅治疗的比例则更低。

我们生活在一个大"铅"世界内，铅几乎无处不在。目前出现的夸大"铅中毒"的现象，不排除有些企业出于经济利益的目的。制造"铅恐慌"的手段有：①"地毯式"广告轰炸。②不恰当检测方法测铅。③更改铅中毒诊断标准。

事实上，只有部分血铅为 250～449 微克/升的儿童才需要进行药物排铅，血铅水平在 450 微克/升以上的儿童则通常需要住院进行药物驱铅治疗。血铅在 100～249 微克/升之间的轻、中度患儿完全不用服药或吃保健品，只要在日常生活中注意一些防治细节就可以不治而愈。父母一方面要注意观察孩子的日常行为，一方面应考察家庭的生活环境和饮食习惯等，如果两方面的情况都有可能与铅中毒有关，才需要带孩子去测铅。

儿童铅中毒的后果如何

我国儿童铅中毒已成为比较重要的公共卫生问题。一定水平的铅暴露可导致儿童体格生长的落后，国内学者报道，随着儿童血铅浓度的升高，身高、体重、胸围的均值有降低的趋势。妊娠期铅暴露可降低婴儿出生体重，此外，低浓度铅暴露下的儿童发生神经行为障碍。国外学者曾报道，高铅组儿童总智商，特别是语言智商以及其他试验的注意力、听觉言语功能损伤、反应时间和课堂表现等方面均明显低于低铅组儿童。提示高浓度铅所导致的智力发育障碍。

铅是神经毒性为主的重金属元素，对中枢和周围神经系统均有明显的损害作用。其作用机制主要是铅与人体细胞中的巯基紧密结合，从而对含巯基的各种酶的活性产生严重影响，首先是乙酰胆碱的合成与释放减少，而乙酰胆碱是和学习、记忆等过程密切相关的，是正常智力发育所必需的一种神经递质。铅还可抑制血红素代谢过程中的 δ-氨基乙酰丙酸脱水酶，使 δ-氨基乙酰丙酸转化成卟啉的过程受阻，δ-氨基乙酰丙酸大量积聚，而其本身具有假性神经递质的作用，长期增多可引起思维改变和智力缺陷，因此，即使是轻度的铅中毒早期也可引起患儿注意力涣散、记忆力减退、理解力降低与学习困难。铅影响小儿智能发育的形态学改变主要有大脑海马区神经元的苔状纤维变细、变短，锥体细胞变薄，齿状颗粒细胞的树突结构紊乱，大脑皮质突触退变，而大脑海马区是与正常学习、记忆过程密切相关的重要部位。

儿童神经系统正处于快速生长及成熟阶段，对铅毒性尤为敏感，儿童多为慢性铅中毒，其发展是一个缓慢、渐进的过程。铅的神经毒性作用往往在明显的临床表现出现之前的亚临床阶段即能危及儿童的行为发育，特别是智力发育。一般铅中毒儿童可表现为注意力涣散、多动、语言发育迟滞等。脑症状出现后，虽经治疗仍会有后遗症，特别是智力发育不全，故预防是关键。

儿童为什么容易血铅高

儿童血铅高的主要原因有以下几个方面：

（1）含铅汽油的广泛使用：我国由于种种原因尚未广泛使用无铅汽油，而汽车的拥有量却以极快的速度递增。

（2）工业污染：铅广泛用于蓄电池制造、金属冶炼、印刷等行业，我国的工业铅污染很严重。

（3）铅作业工人对家庭环境的污染：工人不注意卫生安全，将工作场所的铅带回家污染家庭环境。

（4）学习用品和玩具的污染：迄今为止，铅仍然广泛应用于油漆的生产中。学习用品中以课桌油漆层、教科书封面及彩页、深色铅笔漆层的可溶性铅含量最高。由于幼儿常有吸吮手指和啃咬玩具的习惯，在胃液中，玩具和学习用品所含的可溶性铅的吸收率非常高。

（5）食品的污染：儿童对铅的吸收率较成人高，大约为 50%，因此，应劝阻儿童不食用某些含铅量较高的食物。如传统用的爆花机的炉膛和炉盖是由含铅的生铁铸成，铅的熔点和沸点相对较低，因此，在密闭加热时极易挥发并掺入爆米花中。松花蛋是在传统的制作过程中需加入氧化铅作为食品添加剂以加快其成熟，因此，皮蛋的含铅量也较高。砷酸铅被广泛用作水果园的杀虫剂，因而水果表皮的含铅量也很高，要彻底清洁或削皮后再吃，可大大减少铅的摄入量。

儿童出现哪些症状要检查血铅

为了使儿童铅中毒、尤其是亚临床型儿童铅中毒患儿能得到早期发现和及时处理，对儿童、特别是幼儿，有必要每年定期进行血铅监测。孩子如出现下列情况，家长应立即带孩子到医院检查血铅。

（1）头痛，先轻微后剧烈，甚至打自己的脑袋，用头顶墙。

（2）恶心，不想吃东西，注意力不集中，上课时分心、开小差，老想别的事情等。

（3）记性差，脾气急，好吵架和打架，甚至咬小朋友。

（4）经常腹痛、腹泻、便秘或便秘与腹泻交替。

（5）面色苍白，体弱无力，头昏脑涨，运动耐力差或近期内明显下降，运动时气喘、心悸。

（6）易出汗、夜惊，持续性哭闹等。

一些儿童保健专家同时也忠告家长，千万不要以为自己的孩子已经检测过一次血铅，没有发现超过标准就万事大吉了，而应定期（如每隔 1 年）带孩子到医院检查血铅，以便了解孩子的身体情况，没有铅中毒症状时进行预防，一旦有了症状也可及时进行驱铅治疗。属于轻度铅中毒以上的儿童应该每 3 个月进行一次体内铅含量测定，以便于医生对轻者进行健康教育，同时指导给予安全的排铅剂；对于有症状性铅中毒者则应立即脱离铅污染源，并同时给予驱铅治疗。

对生活或居住在高危地区（冶炼厂、蓄电池厂和其他铅作业工厂附近）的6岁以下儿童及其他高危人群（父母或同住者从事铅作业劳动的、同胞或伙伴已被明确诊断为儿童铅中毒的）应进行筛查或定期监测。

目前检测血铅水平可靠的方法是石墨原子吸收分光光度法，仪器多为进口，需要专门培训的分析人员，还要有严格质量控制体系，确保检测过程中不受铅污染而使结果偏高。目前一般检测单位多不具备这样的条件，很多保健品厂家沿用血锌卟啉等简单方法得出的儿童铅中毒数据不可靠。

目前国际公认的、惟一能够衡量儿童是否铅中毒的指标，是血中的铅浓度（简称血铅水平）。《指南》依据儿童静脉血铅水平分别诊断"高铅血症"和"铅中毒"，后者又分为3级，便于分级管理。

高铅血症：连续2次静脉血铅水平为100～199微克/升。

铅中毒：连续2次静脉血铅水平≥200微克/升，依据血铅水平分为轻度、中度、重度铅中毒。

轻度铅中毒：血铅水平为200～249微克/升。

中度铅中毒：血铅水平为250～449微克/升。

重度铅中毒：血铅水平≥450微克/升。

儿童铅中毒如何分级处理

高铅血症和轻度铅中毒：只需脱离铅污染源，经卫生指导、营养干预即可。

中度和重度铅中毒：在脱离铅污染源、卫生指导、营养干预的基础上，可采用驱铅治疗。

近年来，多项儿童铅中毒流行病学调查的结果显示，我国普通城市（工业污染区除外）约有30%的儿童血铅水平超过100微克/升，应当引起高度重视。但血铅水平高于250微克/升的儿童，比例仅为2%左右，大多数铅中毒儿童血铅水平是在100～250微克/升。对于这样的铅中毒，国际上的一致意见是，只需要进行适当的环境干预、行为干预和营养干预，便可逐渐降低血铅水平，不需要服药治疗或排铅。

为什么儿童铅中毒不要急于用药

治疗儿童铅中毒的首选方法是营养干预和健康教育。儿童铅中毒是完全可以预防和非药物治疗的疾病。对绝大多数儿童（血铅水平＜250 微克/升）来说，只要加强宣传健康教育，纠正不良生活习惯和卫生习惯，儿童的血铅水平会在较短的时间内降到正常范围，而不需要使用任何药物或驱铅食品进行治疗。比如勤洗手就是最好的降低血铅水平的方法。不必要的药物驱铅有害无益。

国际上公认，儿童血铅水平≥450 微克/升时才需要进行药物驱铅，血铅水平在 250～449 微克/升的儿童，如果排铅试验阳性也可以进行驱铅治疗，但前提条件是必须脱离一切铅污染源。对无需使用药物驱铅的儿童滥用药物，结果有害无益。由于铅在儿童血液中的半衰期为 1 个月左右，从理论上讲，对于轻、中度铅中毒儿童，只要切断了铅进入体内的途径，防止进一步接触铅和吸收铅，1 个月后患儿的血铅水平将减少 50%；2 个月后将只有原来的 25%，而不需要用任何药物。

不要盲目使用药物排铅，这是因为排铅药物具有较大的毒副作用，在治疗过程中还会排出钙、铁、锌等微量元素，甚至会出现严重低钙，导致抽搐甚至死亡，所以儿童铅中毒一般采用非药物治疗。

儿童为什么不能多吃松花蛋等含铅较高的食品

我国卫生部 2006 年 2 月颁布的《儿童高铅血症和铅中毒预防指南》及《儿童高铅血症和铅中毒分级和处理原则（试行）》，卫生部将把生活或居住在冶炼厂、蓄电池厂和其他铅作业工厂附近的，父母或同住者从事铅作业劳动的，同胞或伙伴已被明确诊断为儿童铅中毒的 6 岁以下儿童作为定期监测对象。

铅中毒对儿童身心健康会造成很大的危害，《儿童高铅血症和铅中毒预防指南》提出，儿童高铅血症和铅中毒是完全可以预防的，并指出儿童不能食用

松花蛋和老式爆米花机所爆食品等含铅较高的食品。

《儿童高铅血症和铅中毒分级和处理原则（试行）》中指出，儿童高铅血症和铅中毒要依据儿童静脉血铅水平进行诊断，处理时应在有条件的医疗卫生机构中进行。同时，医务人员在处理过程中应遵循环境干预、健康教育和驱铅治疗的基本原则，帮助寻找铅污染源，并告知儿童监护人尽快脱离铅污染源。

在生活中怎样让孩子远离铅呢

对儿童铅中毒治疗虽然能够降低人体中的铅含量，以避免铅的毒性作用对机体造成进一步的损害，但这并不能逆转在产生和已经发生的神经毒性作用。因此，预防儿童铅中毒比治疗具有更为重要的意义。

在目前环境污染严重、大卫生环境短时期内无法很快改变、不能完全避免儿童接触铅的情况下，防治儿童铅中毒应从阻止铅进入儿童体内入手，在生活中培养孩子养成良好的卫生习惯，远离铅的接触。这是防止儿童铅中毒重要的也是切实可行的措施。

国际上关于儿童铅中毒的防治有重要的"三句话"：环境干预是根本手段，健康教育是主要方法，临床治疗是重要环节。为此，儿童铅中毒防治专家常常给年轻父母们推荐"防铅 11 法"，这就是：

（1）培养儿童养成勤洗手的良好习惯，特别注意在进食前一定要洗手。

（2）常给幼儿剪指甲，因为指甲缝是特别容易藏匿铅尘的部位。

（3）经常清洗儿童的玩具和其他一些有可能被孩子放到口中的物品。

（4）位于交通繁忙的马路或铅作业工作区附近的家庭，应经常用湿布抹去儿童能触及部位的灰尘。食品和奶瓶的奶嘴上要加上罩子。

（5）不要带小孩到车流量大的马路和铅作业工厂附近玩耍。

（6）直接从事铅作业劳动的工人下班前必须按规定洗澡、更衣后才能回家。

（7）以煤为燃料的家庭应尽量多开窗通风。

（8）儿童应少食某些含铅较高的食物，如松花蛋、爆米花等。

（9）有些地方使用的自来水管道材料中含铅量较高，每日早上用自来水时，应将水龙头打开 1～5 分钟，让前一晚囤积于管道中、可能遭到铅污染的水放掉，且不可将放掉的自来水用来烹食和（或）为小孩调奶。

（10）儿童应定时进食，空腹时铅在肠道的吸收率可成倍增加。

（11）保证儿童的日常膳食中含有足够量的钙、铁、锌等。

儿童如何预防铅中毒

（1）寻找铅污染源，尽快脱离铅污染源。

（2）教育儿童养成勤洗手的好习惯，特别是饭前洗手十分重要。

（3）经常清洗儿童的玩具和用品。

（4）经常用干净的湿抹布清洁儿童能触及部位的灰尘。

（5）儿童食品及餐具应加防尘罩。

（6）不要带儿童到铅作业工厂附近散步、玩耍。

（7）直接从事铅作业的家庭成员下班前必须更换工作服和洗澡。

（8）孕妇和儿童尽量避免被动吸烟。

（9）选购儿童餐具应避免彩色图案和伪劣产品。

（10）应避免儿童食用皮蛋等含铅较高的食品。

（11）不能用长时间滞留在管道中的自来水为儿童调制奶粉或烹饪。

（12）在日常生活中应确保儿童膳食平衡及各种营养素的供给。

（13）儿童应定时进食，避免食用过分油腻的食品。

（14）应经常食用含钙充足的乳制品和豆制品以及含铁、锌丰富的动物肝脏、肉类、蛋类、海产品，多吃富含维生素 C 的新鲜蔬菜、水果等。

预防铅中毒不仅需要政府和环境保护部门参与，如生产和使用无铅汽油，无铅油漆，也需要通过对父母和孩子的宣传教育与营养干预来完成。如教育孩子养成勤洗手，勤剪指甲，勤清洗玩具的习惯，家长不带孩子去汽车流量大的马路和铅作业工厂附近散步，如居住在这些地方应尽可能用湿揩布抹去儿童能接触到的灰尘，从事铅作业的工人下班前要洗澡、换衣服后才能回家，小儿应少食含铅高的食物，保证膳食中有足够的钙，如多吃奶制品、豆制品，多吃含铁高的食物如肝脏，动物血、肉等，膳食中也要有含锌丰富的食物如肉类、海产品等。

九、性早熟

什么是性早熟

青春期发育受遗传、种族、光照、营养、地域和生活条件等多种因素的影响。因此，青春期发育的时间稍有提前或错后都不要担心。青春期不论新陈代谢、内分泌功能以及心理上都会发生巨大的变化。

少女青春期的表现是乳房发育、阴毛及腋毛长出等第二性征的出现和月经来潮。一般月经初潮在 12～13 岁，热带地区要早。如果女孩不足 8 岁，乳房发育长大，阴毛长出来，并有月经来潮，这就是性早熟。男孩比女孩青春期迟 2～3 年。如果男孩喉

结隆起、声音粗壮、肌肉发达等第二性征在 10 岁前出现，并且首次遗精在 11～12 岁也是性早熟。

性早熟分为真性性早熟和假性性早熟。真性性早熟不但第二特征出现早，而且生育能力也早熟。假性性早熟只是某些第二性征提前出现，并不具备生育能力。

性晚熟和性早熟相反，性晚熟就是发育延缓或错后。严重的由于发育不成熟而终生不能生育。根据统计学调查，初潮年龄95%在 12～19 岁，最小的初潮年龄为 9 岁，最大初潮年龄为 21 岁。一般的说，年龄到了 14 岁，仍然缺乏

性征发育的任何征象，就应该考虑是不是有性晚熟的可能。正常人从第二性征开始出现到具有成人的性征，一般需要经过4年多的时间。如果青春期从身体发育特征的出现到生殖器官的生长完善，超过5年还没有完成，也要考虑有性晚熟的可能。

不论性早熟还是性晚熟，都要想到和下丘脑、松果腺、脑垂体、性腺、肾上腺皮质、甲状腺以及身体其他器官是否有先天或后天疾患，应及时请有关专科医生诊治。

按照发病机制不同性早熟可分为哪几类

青春期发育是通过人体内分泌下丘脑-垂体-性腺轴这个调节反馈系统协同作用的结果，对于人体的性发育及成熟，起到促进、维护、调节和控制的作用。在下丘脑-垂体-性腺轴这个调节反馈系统中，下丘脑分泌多种激素调节垂体的激素分泌活动，与性发育密切相关的激素是促性腺激素释放激素，它调控着睾丸和卵巢的活动。

性早熟按照发病机制不同可分为以下三类：

（1）真性性早熟：即促性腺激素释放激素依赖性性早熟，又称为中枢性性早熟或完全性性早熟。

（2）假性性早熟：即非促性腺激素释放激素依赖性性早熟或外周性性早熟。假性性早熟仅有部分性征的发育提前，而无性功能的成熟，与真性性早熟的本质区别是无下丘脑-垂体-性腺轴的真正启动。

（3）部分性性早熟：它是与完全性性早熟相对而言的，又称为不完全性性早熟，属于中枢性性早熟的变异，包括单纯性乳房早发育和单纯性阴毛早现。它可能会自然缓解、逆转，也可能向真性性早熟转化。

饮食与性早熟有何关系

儿童每天需要足够的营养，但必须避免营养过剩，不要随便给孩子服用那些所谓的"滋补品"，尤其切忌大量或长期服用。现代的肉类食品，尤其是某些鸡肉、鸭肉、猪肉和养殖水产品，含有许多促进生长的激素。追究其原因，是因为那些家禽的饲料里可能含有这些激素。因此，孩子食入这些食品对发育也会造成一些影响。另外，果农与菜农在种植水果与蔬菜时，如果过度使用肥料来催熟，促使农作物提前成熟，以取得较高的利润。像这样的蔬果采收后，是否仍含有残余的催熟物质？对人体是否会造成不良影响？这些都值得我们再做进一步研究。

摄入营养过剩及摄取那些含有激素的食物（尤其是红肉）、乱服补肾中药或西药的激素制剂，都是造成儿童性早熟的原因。

在日常饮食中，应避免让孩子吃鸡、鸭、鹅的脖子。牛肉、羊肉、虾子以及鸡屁股、牛鞭、牛睾丸之类的动物性器官，也不要吃太多。煲汤是非常具有代表性的广东食文化，也是广东人的烹饪强项。他们当中有许多人在煲汤时将动物内脏一起煲，其中动物的性腺等内分泌腺体含有激素物质，通过进餐可进入人体，引起孩子性早熟。另外，不合时节且价格昂贵的蔬果，也应避免食用，否则钱花得冤枉又伤害孩子的身体，真是不值得。总之，如今的孩子大多数已经营养过剩，所以不要盲目地服用蜂王浆、花粉之类的滋补品，没必要也不要进食一些像人参、鸡精之类的补品。三餐摄食营养均衡，才是正确的养儿之道。

环境与性早熟有何关系

洗涤剂、农药及塑料工业向环境排放的物质及其分解产物，可在自然界产生一系列类激素污染物。如洗涤剂中的烷基化苯酚类，制造塑料制品过程中使用的添加剂、增塑剂邻苯二甲酸酯类及双酚A等多达70余种，这些物质每天都被大量排放到环境中。有机氯农药虽然目前已很少使用，但是过去曾大量施放，其至今在土壤、水及植物中的残毒量仍较高。

这些污染物在自然界降解到一定程度后，被发现具有雌激素样活性。它们在自然界中的浓度虽低，但是相互间的联合协同作用甚强。如果污染水源、食物或经皮肤吸收，被儿童摄入，即可引起生殖器官及骨骼的发育异常。因此，环境类激素污染物可作为假性性早熟的直接病因。如果在胚胎早期受到此类物质的作用，还可导致性别分化障碍。

此外，有专家认为性早熟发病率的提高，还可能与抗生素的滥用有关。人们滥用抗生素方面的不良反应不胜枚举，抗生素已成为目前使用最乱的药品之一。

现在社会上的各种传播媒体，如电视、电影、报刊、杂志上，与性有关的内容比以前显著增多，儿童耳濡目染，不自主地被潜移默化，使他们比上一代人普遍"开化"得早。现在的电影、电视、书报、杂志、网络上，太多的性刺激资料不断冲击视觉、听觉，对儿童实在不宜；如果经常接触，对孩子"性心理"的发展也有所影响，亦会促进"性早熟"。由于人的大脑皮质与下丘脑之间存在丰富的神经联系，所以会造成下丘脑-垂体-性腺轴的启动相应提前。家长应避免让孩子接触带有色情内容的电视、电影、图片、报刊及网页。

遗传与性早熟有何关系

青春期发育虽有一定的规律和顺序，但在青春期的开始年龄、发育速度、成熟年龄以及发育程度等方面存在很大的个体差异。如有些学生发育早，而有些学生则发育迟；有些人身高、体重发育水平高，而有些人则发育水平低。

这些差异的产生是与遗传因素紧密相关的。遗传决定儿童生长发育的潜力，对外貌、体型、生理功能、性成熟时间、骨龄、齿龄等均有重要影响。如儿童成年后的身高70%取决于遗传因素，只有30%取决于营养、体育锻炼等环境因素：父母或家族中其他成员有早发育倾向的孩子容易发生性早熟。

疾病与性早熟有何关系

先天性肾上腺皮质增生症等内分泌疾病可引起假性性早熟。因此，家长们

105

要注意观察儿童的发育情况，特别是阴毛、生殖器、胡须、喉结等是否过早发育。一旦发现孩子过早出现第二性征，应及时带其到内分泌科检查病因，及早治疗。

可致使性早熟的肿瘤主要为脑肿瘤与生殖器肿瘤，而男孩脑肿瘤发病率明显高于女孩。肿瘤多位于第三脑室、下丘脑后部，常见的有下丘脑错构瘤、胶质瘤、颅咽管瘤等。家长一旦发现孩子发育速度过快或兼有头痛、视物障碍等症状，一定要提高警惕，及时带其就诊。颅内肿瘤可引起真性性早熟；而睾丸肿瘤、卵巢肿瘤等可引起假性性早熟。

怎样早期发现儿童性早熟

近年来，儿童性早熟发生率正在逐年增高，已成为困扰社会的一项新的课题。其实，绝大多数的"性早熟"是可以治疗的，从临床观察发现，对于性早熟患儿必须尽早治疗才能达到满意效果。那么，怎样才能早期发现儿童性早熟呢？

（1）在日常生活中，父母要多留心观察孩子是否有第二性征过早出现的现象。如果女孩常诉说乳房痛、小腹痛，在 10 岁以前身高突然加速生长，父母就应该有所警觉。

（2）父亲应常和儿子、母亲应常和女儿一起洗澡，在很自然的情况下，了解孩子的成长变化，随时观察孩子发育的状况；一起洗澡的亲密举动，也可以促进父母与子女的亲情。

（3）如果你怀疑孩子有性早熟的趋向，应及时向专科医生咨询或就诊治疗，帮助孩子解除心理压力，并早做沟通，以便配合服药。及时有效的治疗，不但可以阻止第二性征（如女性乳房发育）进一步发展，也可以逆转刚开始发育的第二性征，以及避免对儿童造成身心伤害。

性早熟有哪些信号

（1）过早出现的身高加速：有些孩子害羞，往往不会告诉父母自己身体的变化。父母除了多留心观察外，还可以从孩子身高的增长速度来判断孩子的发育情况。一般的说，未发育的孩子一年长高 5～6 厘米。若女孩 8 岁以前，男孩 10 岁以前，身高增长突然加速，往往是性早熟的一个信号，此时家长不应盲目乐观。当怀疑孩子有这方面的问题时，家长应及时带孩子去医院咨询、就诊。若在女孩月经来潮后再干预，对最终身高的改善十分有限。因为女孩初潮以后即进入身高增长缓慢期，身高平均只能再增长 5 厘米左右。

（2）过早的乳房发育：正常女孩的青春期发育过程表现为 10 岁左右乳房开始发育。若女孩 8 岁前就说乳房胀痛、隆起，轻触时可发现内有小硬块，这是发育中的乳核，提示乳房已开始发育，是性早熟的表现。只要家长留心，过早的乳房发育还是不难发现的。

（3）过早的初潮：女孩在 10 岁前出现月经初潮，也是性早熟的标志。正常女孩 10～12 岁阴毛出现，达到生长高峰期；11～13 岁阴道黏膜出现变化，乳头、乳晕突出，内、外生殖器变化，出现腋毛；12～13 岁月经初次来潮，声音变细，乳房发育成熟。女孩在月经初潮前往往阴道分泌物明显增多，此时应引起家长的警惕。

（4）过早的睾丸和阴茎发育：一个正常男孩的青春期发育顺序表现为，10～12 岁出现生长加速；11～12 岁睾丸增大，青春期发育开始；13 岁左右阴毛出现，睾丸、阴茎增大，生长高峰期到来；14 岁开始变声，喉结增大，腋毛出现；15～16 岁长胡须，睾丸、阴茎接近成人，出现遗精；16～18 岁面部出现痤疮，体毛增多；17 岁以上骨龄 X 线片示骨骺已闭合，停止长高。男孩在 9 岁以前，出现睾丸增大，继而出现阴茎发育，是性早熟的征象，应引起家长们的注意。

（5）过早的初次遗精：如果男孩初次遗精出现在 11～12 岁或在 11 岁以前，同样也是性早熟的表现。但男孩初次遗精往往不像女孩月经初潮那样明显，常不能清晰回忆，因而常被父母、甚至孩子本人忽视。

10 岁前蹿高是性早熟的信号吗

儿科专家指出，10 岁以前身高突增的儿童应引起家长注意，这是儿童性

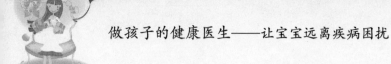

早熟的危险信号。

家长为了能让孩子长成大个儿，常常采取补充营养的方式，各种肉类、营养品、饮料等等，殊不知这些食物中许多含有性激素，一些补品如蜂王浆、花粉等，更不适于孩子食用。开始时孩子的身高好像要比同龄孩子高出许多，但由于性早熟患儿多伴有骨骼提前发育、提前融合，长大后往往达不到预期的成人期身高，成年后要比其应达到的身高矮 3 至 5 厘米。

专家们说：一个人究竟能长多高，先天条件起很大的作用，按照一定的公式计算，如果父母在 23～25 岁生孩子，那么子女就可能会高出父母 4～5 厘米。但切勿盲目追求儿童长大个儿。一般说来，子女身高超过父母的说法是成立的。

欧美学者建议人类的身高应在目前水平上下降 10～15 厘米，男性身高应在 167 厘米左右；女性身高应在 158 厘米左右。在科学家的眼中，高身材反不如矮身材。首先，高身材的人不如矮身材者健康。身体过高造成四肢供血困难，动作不灵活，心脏负担加重，影响身体健康，并易患精神紧张症。

儿童性早熟有何原因

据统计，我国儿童性早熟发病率已达到 1%，即 100 个孩子中就有 1 个性早熟。导致儿童性早熟有四大原因：①营养改善、家庭生活条件优越。②环境污染。③盲目进补。④电视、影碟等传媒的言情涉性内容的刺激。

自 20 世纪 90 年代以来，由于影视传媒的普及，不良的言情涉性电视剧形成的视听刺激成为导致儿童性早熟的新兴杀手。据统计，95% 以上的性早熟来自环境刺激，其中语言、文化环境的污染影响是最不容忽视的，电视、电影节目中激情戏太多，是导致孩子发育提早的直接原因。

儿童性心理早熟首先是社会环境造成的。不容讳言，如今的大众传媒特别是影视传媒传播的内容中，涉性内容比例是相当高的。包括一些严肃题材的剧作，里边都刻意地要添加一些情爱场景。这样的影视题材如影随形地伴随着幼稚的孩子，对他们的心理影响可想而知。

书刊报纸在追逐可读性方面也不甘示弱，一些报刊越来越热衷于爆炒那些涉性题材，一些歌星明星的私生活和性感照片被堂而皇之地搬到了报刊的版面上，纸面媒介中以健康指导为名大肆炒作涉性内容的栏目更是层出不穷。

随着社会开放程度的提高，儿童的日常生活环境当中出现的性信息暗示也正出现急剧上升的趋势。黄色网络的泛滥是一个突出的现象，而满街的按摩院、歌舞厅，四处游荡的衣着暴露的"小姐"的身影，也在给儿童施加剧烈的心理影响。

未成年人作为一个社会辨别能力较差的群体，对于不良文化的侵蚀往往没有抵御能力。由于性行为本身具有一定的吸引力和诱惑性，所以很容易被年幼的孩子不加选择地吸收，从而直接造成了未成年人的性心理早熟。

由性心理刺激诱发的性早熟，对儿童发展的影响正在揭示。儿童医学专家雷培芸教授指出，性心理早熟的孩子会诱发性格及心理扭曲，患儿可能因自己在体型上与周围小伙伴不同，而产生自卑、恐惧和不安。由于性发育超前，儿童的心智年龄普遍跟不上生理年龄，还会导致少年犯罪和社会不适应的问题。

在净化未成年人成长环境的社会行动当中，要求传媒加强自律是必要的。但是，千万不可忽略的是，成年人要管好自己的一言一行。因为粗鄙的成年人要培育出高雅的未成年人，是不可想像的事情。在不良的社会土壤里，播种的即使是龙种，收获的也难免是跳蚤。

儿童性早熟的病因有哪些

（1）颅内来源的性早熟：下丘脑或垂体病变导致的生殖器发育或功能的过早出现，除了卵巢卵泡成熟与排卵发生过早外，其他与正常儿童的发育相同。大多数颅内来源的性早熟为第三脑室底部的病变或肿瘤，这些病变常累及下丘脑后部，尤其是灰质结节：乳头体及视交叉部，先天性脑缺损或脑炎可伴发性发育成熟过早的征象。神经学检查常可确诊。Mc Cune-Albright 综合征的性发育过早，伴有多骨性纤维性发育不良、皮肤色素沉着及其他内分泌失调，为下丘脑的先天性缺陷。有些患儿与颅内疾病有关的性活动，最初可无神经系统症状。从许多颅内病变起始的性早熟类型看，发现障碍的部位与特征非常重要。

由于颅内疾病引起的性早熟可解释为下丘脑后部具有抑制由腺垂体产生促性腺激素及其释放的能力，因此，下丘脑后部的病变可破坏或抑制某些通常调节通向神经垂体腺体刺激强度的机制，使下丘脑对垂体的控制作用被解除，从而增加促性腺物质的产生，导致性腺的活动和性的成熟发育。在其他的病例，则可因垂体的直接刺激而致。

（2）原因不明的性早熟：80%～90%体质性性早熟无明显原因。按病因分类常被归于中枢神经来源的性早熟，因病人可能有小而未经证实的下丘脑病变。有些患者有性早熟的家族史。

（3）卵巢肿瘤所致性早熟：卵巢瘤作为性早熟的原因值得强调，但在儿童期实际上以女性化肿瘤为常见。在儿童期多数女性化间叶瘤，在身体发育与骨龄中的快速增长随同青春期女性化体型、生殖器的成熟及乳房的增大而发展。阴毛出现，但不如真性性发育过早为多。盆腔肿瘤常不能触及。阴道分泌物增加，阴道涂片显示雌激素效应增强，有不规则阴道流血。产生雌激素肿瘤所致性早熟之发生率，较原因不明者为高。尿雌激素及 17 酮类固醇水平可高于同龄正常儿。但此类病例一般无排卵，不能妊娠。偶有卵泡性非肿瘤性卵巢囊肿可导致性早熟。剜除囊肿（内含大量雌激素）可缓解性早熟的发展，但如有性腺残留，则小囊肿仍能增大，性早熟现象又可继续。

（4）其他原因性早熟：产生激素的肾上腺肿瘤，可引起异性或混合型性早熟。外源性雌激素多由于用药不当或其他来源。幼女误服其母亲的避孕药丸偶可致性早熟；甲状腺功能低下的患儿偶亦可发生性早熟。后者由于甲状腺激素与促性腺激素之间存在着交叉性反馈作用，而垂体分泌促性腺激素过多所致。

（5）暂时性性早熟：少，但不罕见。患儿常有一种或多种第二性征加速发育。此类儿童多数出现身体发育及乳房发育(约50%)。有阴道流血者达45%。阴道穹隆部涂片，上皮细胞呈明显的雌激素效应。此种性发育过早现象持续数月可恢复正常发育，以后于正常年龄进入正常青春期。偶有子宫内膜对雌激素特别敏感者，可致子宫出血而无其他性早熟现象。妇科检查不能明确子宫出血的真正原因，激素测定亦正常。子宫出血于恢复周期性数月后，自然停止。对暂时性性早熟或过早子宫内膜效应的患儿，应密切随诊数年，直至排除其他（包括子宫出血）特殊原因。

为什么当孩子面谈婚论嫁易诱发性早熟

"把你女儿许配给我儿子吧，我们结个娃娃亲。"有孩子的同事经常如此调侃，甚至全然不顾及幼小的孩子是否在场，殊不知此种举动也会引发儿童的性早熟。95%以上的性早熟来自环境污染，其中语言、文化环境的影响不容忽视。

近年来因性早熟而就诊的儿童有增多趋势，且年龄段逐渐提前，一般女孩在 8 岁前，男孩在 10 岁前就有可能出现第二性征。现代儿童思想的早熟令人担忧，对由此引发的性早熟应引起重视。虽然性早熟并不一定影响儿童的发育、身高，但还是有 10%～15%的性早熟会导致孩子成年后身材矮小。

儿童出现性早熟与受到语言、文化环境刺激有很大关系。不少家长喜欢在孩子面前谈及婚姻爱情，很多电影电视中的成人化镜头容易引起孩子的模仿，少儿节目中掺杂了越来越多的成人语言，甚至个别儿童类动画片中人物的衣着也非常的暴露，这些环境刺激都会促使儿童性早熟。

儿童性早熟须进行综合评估，要根据儿童体内的性激素水平、目前身高体重、父母身高、生长速率、骨龄等指标，判断成年后是否会发生身材矮小。此外，对于 6 岁以下就出现第二性征的孩子，应加以重视。

性早熟有何危害

儿童性早熟可使儿童产生心理行为和体格发育两方面的危害。一方面，这些孩子生理上虽然已臻成熟，但其智力、思考能力并未跟着长大，因此会产生一系列困惑，人际关系也受到影响；另一方面，在性早熟阶段骨骼发育过快会导致骨骺提前闭合，影响身高增长。性发育的前半期会促进生长发育，后半期则抑制生长，女孩在月经初潮后 1 年便停止了生长发育，导致身高偏低。约 1/3 的性早熟患儿成年后身高不超过 152 厘米，而且多表现为双下肢较短，身体上半部长度大于下半部，呈性早熟性矮身材。

影响心理健康过早的性发育可以给患儿带来巨大的心理压力。患儿的身体和心理都处于孩童时期，但是其性器官发育却进入了青春期，必然导致患儿心理发育异常。患儿可能因自己在体型上与周围小伙伴不同，而产生自卑、恐惧和不安，并且容易出现行为异常，如孤僻、注意力转移等。过早乳房发育或月经来潮的女孩，往往生活上还不会自理，且容易导致精神紧张，影响其正常的生活和学习。

此外，由于性早熟患儿的身体和心理没有同步发育成熟，容易遭受性侵害或性攻击，尤其是女孩更易成为性摧残的受害者。国外曾报道 5 岁性早熟女孩怀孕的事，国内也有 8 岁性早熟女孩怀孕的报道。男孩则易出现早恋倾向及过早的性行为，由此可引发一系列的社会问题，而对患儿的影响甚至是终身的。

不要以为现在的孩子发育都早

一些家长认为"现在的孩子发育都早"，没什么大不了的，其实这也是认识误区之一。近百年来，世界上多数国家儿童、青少年的身高一代比一代高，性发育也逐渐提前，我国的情况也不例外，这属于正常现象。但是人群的青春发育时间存在显著的个体差异，如果过于提前则导致性早熟的发生。

一般的说，女孩月经初潮的年龄每 10 年比上一代或上两代人提前 3～4 个月，乳房发育大多在 10～11 岁开始，月经初潮则大多在 12～14 岁出现。这一代女孩 10 岁开始乳房发育，12～14 岁出现月经初潮为正常现象。但是，如果在 8 岁以前就开始出现乳房发育，10 岁以前出现月经初潮，那就要诊断为性早熟了。

在这里澄清这一误区的目的，是为了让家长对孩子性发育的表现有个警觉，能够在性早熟病程的早期，病情较轻时认识问题，及时诊治。因为对性早熟的孩子来说，做到早期诊断、早期治疗才能取得较好的疗效。如果家长缺乏对孩子青春发育时间的正确认识，直到病程后期，病情较重时才想到就医，那就很难取得满意的疗效，也会给孩子和家长带来终身遗憾。

也有家长认为，孩子早晚要发育的，早发育的孩子还长得高些，其实这只是暂时的现象。快速增长期的提前出现，常暗示了孩子的骨龄较同龄人大。七八岁的女孩摄左手腕骨的 X 线片，可能骨龄已经达到十三四岁的发育程度。由于骨骼间已经开始融合，不再有空隙给未发育的骨骼生长，孩子的身高会阻滞在发生性早熟时的高度，造成儿童的身高发育停滞，成年后身高低于同龄人。俗话说的"先长后不长，早长晚不长"，讲的就是这个道理。

性早熟的常见症状有哪些

早熟表现为男孩在 9 岁以前、女孩在 8 岁以前出现第二性征。根据不同的性早熟类型，其症状各有特点。

（1）真性性早熟：又称中枢性性早熟，主要特征是患儿的第二性征提前出现并伴有体格发育加速，是由于人体下丘脑-垂体-性腺轴提前分泌激素所致，整个程序与正常发育相似。女孩的最初症状是乳房 8 岁前开始发育，出现硬块、有触痛；男孩的最初症状是 9 岁之前睾丸增大，阴茎变粗、变长，随后出现阴毛发育、腋毛出现。最终女孩出现月经初潮和男孩发生初次遗精，但均较正常孩子明显提前。随着第二性征的出现，患儿身高、体重出现加速增长，长骨骨骺提前闭合，到成人期身材反而矮小，这也是家长们很担心的问题。但是并不是所有的中枢性性早熟患儿成年后都是矮身材，这取决于开始发育的身高、发育进展速度、身高增长与骨龄增长的平衡。此外，遗传的生长潜能也很重要。早发育儿童的智力水平与他们的年龄是相当的，不会因为体格发育而提前，因此这些孩子外表看起来像一个成年人，但行为往往还是孩子样，精神发育与体格发育不相称。

（2）假性性早熟：又称外周性性早熟，即患儿第二性征的提前出现，并不是受下丘脑-垂体-性腺轴控制的真正青春发动，而是与各种内源性或外源性异常升高的性激素水平有关。假性性早熟的孩子只表现为过早的性腺发育，如先天性肾上腺皮质增生症只有阴茎粗长，睾丸并不增大。也可以出现矛盾性性早熟即异性性早熟，表现为男孩出现乳房发育等女性化表现；女孩出现体毛增多、变声、阴蒂肥大等男性化表现。误服药物而导致早熟的临床表现为男孩、女孩的乳房均可增大，乳晕、乳头变为深黑褐色；男孩的阴囊、女孩的外阴有明显的色素沉着。严重时，女孩的大阴唇外翻，还可伴有阴道出血现象。

（3）部分性性早熟：又称不完全性性早熟、变异型青春发育，这种早熟不受下丘脑-垂体-性腺轴的控制，仅有乳房或阴毛发育，而不伴其他第二性征的发育。一般分为单纯性乳房早发育和单纯性阴毛早现两种类型。单纯性乳房早发育常发生在 2 岁以前，很少超过 4 岁，表现为只有乳房发育，而没有乳头发育和阴道黏膜改变，生长速度不加快，骨龄也不提前。而且乳房发育到一定阶段也不再增大，往往在半年、一年后可自行缩小。有时仅为一侧乳房增大。男孩、女孩都可以发生单纯性阴毛早现，大多数在 6 岁左右出现阴毛，也可以有腋毛出现，没有其他发育的表现。病程也不进展，真正青春期发育开始的年龄和其他正常儿童一样。研究表明，有些部分性性早熟也可以转变为中枢性性早熟，所以这些患儿应该到内分泌科医生那里检查随访。

医生是如何确诊性早熟的

前儿童性早熟的诊断标准为男孩在 9 岁以前、女孩在 8 岁以前出现第二性征，或者女孩在 10 周岁以前发生月经初潮。临床医生对于儿童性早熟的诊断方法主要包括详细完整的病史，全面的体格检查（包括性征发育、女孩阴道出血情况等），实验室检查如骨龄、超声、头颅影像学检查及性腺轴激素水平的测定等。

仔细的病史询问常常能为性早熟的判断及确诊提供有力的线索和依据。除了对患儿一般情况的询问，还应着重问有关患儿第二性征开始出现的时间及进展的情况；父母的青春期发育年龄及有无性早熟的家族史；患儿有无服用过含有性激素的食物或药物；有无误食避孕药（常见于 3 岁以下幼儿）；有无内分泌疾病或中枢神经系统疾病及以往的治疗情况；有无头部外伤史及视觉异常，有无头痛、恶心、呕吐等颅内压增高症状等。

规范的体格检查主要包括：①准确测量患儿的身高、体重，尤其是身高的增长情况更有意义。②观察患儿体态发育的情况。一般来说，由于性激素对蛋白质和脂肪合成代谢的不同促进作用，性早熟的男孩肩部较宽，肌肉发达，而女孩呈臀部较宽、体脂丰满的体态，有助于鉴别和诊断。③对患儿外生殖器和第二性征发育情况的检查有助于判断是同性还是异性性早熟及病情的严重程度。

临床检查还包括乳房发育、阴毛生长及生殖器发育，腹部检查及肛、腹诊有无肿块存在，以及详细的神经系统检查，包括眼底镜、视野及脑电图检查。

骨龄是如何测定的

骨骼生长发育过程中，骺软骨出现二次骨化中心和骨骺线消失的时间称为骨龄。骨龄代表骨骼的成熟度，测量骨龄可了解骨骼的生长发育状况，能较准确地反映青春发育的成熟程度。

骨龄通常是根据 X 线片上左手掌、指骨、腕骨及桡、尺骨下端的骨化中心的发育程度来估算的，一般认为骨龄超过实际年龄 1 岁以上可视为提前。通常选用左手腕骨拍摄 X 线平片最好，因为手部摄片最简单、效果最理想、省钱，对人体损害最小。

真性性早熟及先天性肾上腺皮质增生症的患儿，骨骼生长异常加速，故骨龄往往较实际年龄提前。单纯性乳房早发育的患儿骨龄不提前，假性性早熟的患儿骨龄则与同龄儿无差异。

此外，根据 X 线片上的骨骺软骨板的宽度，还可以判断患儿的身高增长潜

115

力。一般的说，当末节指骨的骨骺软骨板变窄即骨干与骨骺接近融合时，就意味着患儿的身高快速增长期接近结束，进入了减慢增长期。通常女孩也在此时出现月经初潮。当手臂桡、尺骨的骨骺板消失，即其骨干与骨骺融合时，身高的增长也基本停止了，最多脊柱（即坐高）还能增长 1~2 厘米，而患儿的四肢长度已经不会再增长了。

为什么性早熟的孩子个儿矮

六成以上性早熟是"吃"出来的。饮食问题是导致性早熟的元凶之一。比如洋快餐食物里含有嫩肉成分的物质、反季节蔬菜或季节性被催熟的蔬菜、油炸的食品及各种含有性激素的保健品像花粉、蜂王浆等都可导致性早熟。

环境激素，如各种塑料、防腐剂、含有维生素 E 成分的化妆品、家族遗传等都是诱发儿童性早熟的重要原因。

性早熟儿童在发育初期往往比同龄儿童高，但成年后身高却普遍矮。从生理上说来，性早熟的孩子因为发育提前，很可能发育年龄未到即有骨龄提前发育，骨骺提前闭合，致使他们成年以后个子普遍都矮小。但同时在心理上，性早熟儿童也容易发生畸形。

由于自己的体型与同伴有明显差异，大多数孩子会有自卑心理，从而影响正常的生活和学习，还有性早熟的孩子比较容易受到性侵害或者诱发出现早恋，而这些心理上的影响往往是易被家长们忽略的。

一部分性早熟是可预防的。儿童要少吃高脂、高热量的油炸快餐食品和含激素过多的禽类，并少喝饮料。要多吃应季的蔬菜、水果，多吃鱼类、牛肉、羊肉。但有一点要注意，有性早熟倾向的孩子要少吃能促进性腺激素分泌的豆制品。如果发现孩子有性早熟倾向，一定要及时到医院就诊，治疗越早效果越好。

如何诊断儿童性早熟

对于女性性早熟诊断的主要目的，在于明确所致加速性成熟的病因。约90%的病例属体质型（尤其是原因不明或特发性者）。但对任何病例在做出这种解释前，必须排除其他病因。

摄手腕部正位 X 线片可判断骨龄，了解发育过程的进度，摄蝶鞍正侧位 X 线片可确定垂体有无病变。如可疑，可进一步行气脑造影、脑室造影、CT 和（或）MRI 以明确诊断。

实验室检查包括：激素测定，如血清 FSH、LH、E_2 及 24 小时尿 17-酮类固醇，有助于鉴别真性性早熟和假性性早熟。

腹腔镜检查，应由有经验的医师操作，如仅只怀疑肿瘤，可代替剖腹探查术。

尚无证明性早熟可引起异性早熟活动或对生殖功能的不利影响、智力发育延缓等，身体与生殖器发育则平行于骨龄。

治疗儿童性早熟为什么要趁早

儿童性早熟是一种疾病，必须治疗，而且治疗得早晚与疗效有着密切的关系，治疗越早效果越好。儿童过多、过早地受到性激素刺激，必然加速骨骺闭合，有时这个加速度极其惊人。在门诊中经常有这样的记录：一个孩子的实际年龄增加了 6 个月，骨龄却增加了 2 年，而骨骼生长期缩短了 2 年。骨龄每增加 1 年，其骨骼生长期就缩短 1 年，性早熟不治疗必然导致身材矮小，还会引发其他身心疾病。所以说，千万不要等到孩子不长个儿了，再去治疗。孩子不长个儿了，说明其骨骺已经闭合，生长潜能没有多少了，再高明的医生也帮不上忙。

治疗目的：①早期抑制第二性征的发育。②延缓骨成熟的时间，防止骨骺线早期闭合而导致身材矮小。③防止患儿和家长出现心理和社会适应障碍。④预防性伤害、性行为紊乱和早孕的发生。

儿童性早熟应早诊断、早治疗，治疗越早效果越好。根据不同的病因及类型，采取不同的治疗方法，持之以恒，定期复查，切莫认为难为情，讳疾忌医或相信江湖游医，应及早到正规大医院就诊，以免错过最佳治疗时机。性早熟患儿治疗还应辅以饮食与锻炼，饮食上避免食用油腻食物，少吃甜食，多吃水果、蔬菜，避免食用含性激素的滋补营养品。性早熟儿童平时要保证充足的睡眠，加强体育锻炼，尤其要加强下肢锻炼，如跳绳、跳橡皮筋、登楼梯等，以促进骨骼软骨细胞分裂增殖，有利于身高增长。

除了早期诊断和早期治疗外，还应该针对不同的病程以及病情的严重程度，采用不同的治疗方案：①对于处于青春发育早期、病程较短、病情较轻的患儿如单纯性乳房早发育的患儿，去除引起早发育的诱因，并采用一些中药治疗，通常就能取得较好的疗效。②对于已经处于青春发育中后期、病程较长、病情较重的患儿，尤其是真性性早熟患儿，一般采用促性腺激素释放激素拟似剂注射治疗。一般治疗 2～3 个月后，乳腺组织明显变软，阴道分泌物减少。随着进一步的治疗，子宫和卵巢也会回缩，同时骨骼生长减慢，骨龄提前的程度也随之减轻。但目前使用此类药物的经济负担较重，相信随着药价的下调，将使性早熟患儿更大地受益。

儿童性早熟如何就医

对待儿童性早熟应有一个正确的认识。一旦发现孩子有早熟信号，应尽早到正规医院咨询就诊。有的父母问，女儿才 8 岁，怎么就见她的乳房开始发育了？儿子刚 9 岁，为什么他的"小鸡鸡"颜色和大小就有了变化？不少父母都产生过这样的疑问：孩子是不是性早熟？在内分泌科门诊室，医生接待的小患者比以前大大增多，大多是由父母带着孩子前来咨询提前发育的问题。看来，性早熟问题不仅困扰了孩子，更困扰了许多父母。

由于多种因素的影响，比起上一代女孩十四五岁才有月经，现在的女孩十一二岁月经来潮已成了平常事。但如果女孩不足 8 岁，乳房就发育增大，长出阴毛，并有月经来潮，提示性早熟。至于男孩，青春期要比女孩迟 2～3 年，如果喉结隆起、声音粗沉、肌肉发达等第二性征在 10 岁前出现，并且初次遗精在 11～12 岁，则提示性早熟，应及早诊治。

性早熟意味着儿童在心智未发育健全的时候性器官却已经发育完整，由此带来的心理困扰和冲动很容易引起儿童行为异常，同时常常影响到学习成绩。此外，由于性早熟造成的儿童骨骼过早发育成型，很容易导致儿童的身高发育停滞，成年后身高低于同龄人。因此，错过最佳治疗时机将带来终身遗憾。

　　还需指出的是，女孩自乳房开始发育至月经初次来潮之间的这段时期，是身高的快速增长期，月经初潮以后即进入减慢增长期，一般月经初潮以后身高平均只能再增加 5～7 厘米。因此，家长一旦发现孩子未到青春期发育年龄而性征提前出现、身高增长加速，就应及时到医院治疗，以免错过最佳治疗时机。如果等到女孩月经来潮以后才开始治疗，则对最终身高的改善就十分有限了。

　　因为性早熟是内分泌疾病中非常专业的疾病，而且诊断上需要进行一些如放射性核素免疫方法等特殊检查，所以要选择有高科技检验条件的正规医院就诊。儿童性早熟是目前常见的儿科疾病，但又不同于普通的儿科疾病，要求由专业的小儿内分泌科医生诊断和处理，否则性早熟将不能获得真正有效的治疗和预防。三级医院都设有小儿内分泌专科，有较高水平的诊断与治疗条件，是就诊的最佳选择，其中儿科医院是首选。

　　性早熟是需要由专科医生多年随访的内分泌疾病。大部分性早熟的孩子需要接受规律的、长期的药物治疗及定期生长发育情况检查，能够在儿科内分泌门诊长期随访是最理想的，如无此专科，则应在小儿内科门诊随访。

性早熟如何治疗

　　性早熟的治疗方法有以下几种：

　　（1）部分性早熟：一般不需要治疗，但要长期追踪观察。每 3～6 个月复诊 1 次。

　　（2）甲状腺素水平低下伴有的性早熟，肾上腺皮质增生症、肾上腺肿瘤、中枢神经系统所致性早熟，以及外源性（药物）性早熟，应分别给予药物治疗、放射疗法、化学疗法和手术治疗。

　　（3）真性性早熟的治疗药物有：促性腺素释放素拟似药、甲羟孕酮（安宫黄体酮）、达那唑、环丙孕酮、睾内酯、肾上腺皮质激素、中药、生长激素等。

　　药物使用时，应注意个性化和防止不良反应产生，要在专业医师的指导下使用，并定期接受检查。

如何运用药物治疗性早熟

早期诊断、早期治疗方能取得较好的疗效。临床中应针对不同的病程及病情，采用不同的治疗方案。

（1）对病程较短、病情较轻（相当于青春发育早期）的患儿，包括单纯乳房早发育及病程早期的真性性早熟患儿，单纯采用中药治疗即可取得满意的效果。一般治疗 2～3 个月后，患儿的乳腺组织明显地变软，以后逐渐缩小、消退，子宫和卵巢也会相应回缩。

（2）对病程较长、病情较重（相当于青春发育中、后期）的患儿，主要指大多数真性性早熟的患儿，可采用促性腺素释放素拟似药注射治疗，一般 2～3 个月后，乳腺组织明显变软，阴道分泌物减少。子宫、卵巢较大的患儿，在此阶段可能会出现阴道出血，随着继续治疗，乳腺组织进一步缩小，子宫、卵巢也会相应回缩，骨骼生长减慢、骨龄提前的程度逐渐减少。

（3）治疗过程中应定期随访患儿，一般应每个月随访一次做有关的临床检查，每半年摄 X 线片检查一次骨龄，做一次子宫、卵巢的 B 超检查。

（4）单纯乳房早发育者，一般在中药治疗病情缓解后，再巩固半年左右可酌情停药。病程较短、病情较轻的真性性早熟患儿，女孩一般应维持治疗到 10 岁左右。病程较长、病情较重，尤其是月经初潮已来的患儿，一般应维持治疗到 12 岁半。男性患儿一般治疗到 12 岁停药。

（5）对于因摄入含有性激素的食物或药物所导致的假性性早熟，停止摄入这些食物或药物后，第二性征会逐渐自行消退，一般无须治疗。如果给予滋阴泻火的中药口服，可促使其消退，但是乳晕及外生殖器的色素沉着往往会持续较长时间，消退较慢。

促性腺素释放素拟似药是如何治疗性早熟的

促性腺素释放素拟似药是目前治疗真性性早熟，特别是特发性性早熟最有效的药物。这类药物与下丘脑天然的促性腺素释放激素（GnRH）的化学结构相似，但是其作用更强，维持的时间更长。

使用这类药物后，在短期内即 2～3 周内垂体分泌的促性腺激素会有所增加，但约 1 个月后，反而会使之显著减少。如果持续使用，可使垂体促性腺激素的分泌维持在很低的水平，从而使性腺分泌的性激素水平明显下降，第二性征消退并能有效地延缓骨骼的成熟，防止骨骺的过早融合，有利于改善患儿的最终身高。

然而，这类药物对垂体分泌促性腺激素的抑制作用又是高度可逆的，停药 2～3 个月，其抑制作用即会逐渐消失，所以对患儿以后的青春发育无不良反应。但疗程需根据患儿病情的严重程度、病程的长短及开始治疗时的年龄而定，一般应连续治疗数月至数年，直到接近正常青春发育的年龄时为止。

目前在临床上使用的这类药共有两种，均为进口产品，分别为曲普瑞林（达必佳、达菲林）及醋酸亮丙瑞林（抑那通）。这些药品均已获得我国卫生部进口药评审机构颁发的许可证书。几年来的临床应用证明，这两种制剂治疗儿童性早熟的疗效都很满意，也没有明显的不良反应，但是价格十分昂贵。

醋酸甲羟孕酮是如何治疗性早熟的

醋酸甲羟孕酮（安宫黄体酮）的化学结构与卵巢内黄体分泌的黄体酮相似，但作用较强，持续时间也较长。口服或肌内注射后，能够通过对垂体的负反馈调节作用，抑制垂体分泌促性腺激素，从而使性腺分泌的性激素水平降低，促使第二性征消退。对于病程较长、病情较重、子宫和卵巢已显著增大的患儿，在开始治疗的 1～3 个月内会引起阴道出血，其原因是治疗后体内雌激素水平下降所致，并不是病情恶化，而是治疗有效的表现。

这种药的主要缺点是对减缓骨骼成熟、控制骨骼生长加速无明显效果，故不能防止身材矮小。此外，由于这种药有轻微的类肾上腺皮质激素样作用，所以长期口服后，会引起食欲增加，部分患儿会出现体重增加。这种药对垂体分泌促性腺激素的抑制作用是高度可逆的，停药 2～3 个月，其抑制作用即会逐渐消失，对患儿以后的青春发育无不良反应。

121

达那唑是如何治疗性早熟的

达那唑的化学结构与睾丸分泌的睾酮相似，但作用性质有所不同。该药口服后能够通过对垂体的负反馈调节作用，抑制垂体产生促性腺激素，从而使性腺分泌的性激素水平降低，促使性征消退。该药的主要缺点是有轻度的雄激素样作用，可导致多毛症，尤其是女孩，体毛增多，阴毛的增生与乳房发育不平衡，并促使痤疮增多，声带增厚，音调低沉，还可引起体重增加，并有潜在的对肝脏的毒性作用。由于该药有这些不良反应，故限制了它在临床上，特别是女性患儿的应用。

环丙氯地孕酮是如何治疗性早熟的

环丙氯地孕酮是抗雄激素药，能和雄激素竞争与敏感细胞的结合而起对抗作用。此外，还可通过对垂体的负反馈调节作用，抑制垂体产生促性腺激素，从而使性腺分泌的性激素水平降低，促使性征消退。对骨龄＜11岁的患儿，还有减慢骨骼生长及延缓骨骼成熟的作用。本药有轻微的类肾上腺皮质激素样作用，故长期服用后也会引起体重增加及垂体的促肾上腺皮质功能受抑制。另外，该药主要适用于男孩性早熟的治疗。

睾内酯是如何治疗性早熟的

睾内酯可抑制卵巢内合成雌激素所需酶的活性，使雌激素的产生减少，血液中雌激素的水平降低，可用于假性性早熟的治疗。临床上可有效地治疗McCune-A1bright综合征，治疗期间血液中雌激素水平下降，子宫、卵巢回缩，月经中止，骨骼成熟延缓。

肾上腺皮质激素是如何治疗性早熟的

先天性肾上腺皮质增生症引起的假性性早熟患儿，由于细胞染色体上发生了基因突变，使其肾上腺先天性地缺乏合成皮质醇和醛固酮的能力。正是由于这种缺陷，才造成了体内发生一系列的异常，引起女孩的假两性畸形、男孩的假性性早熟。临床上目前还无法实现对这种患儿的基因治疗，也就是说从根本上无法纠正其先天性的缺陷，但是可以采用与皮质醇、醛固酮的化学结构相同或类似的药物来做替代治疗，可以在一定程度上纠正由于体内缺乏皮质醇及醛固酮所造成的一系列异常。

常用来替代皮质醇的药物为氢化可的松，其化学结构与皮质醇完全相同，是最符合生理情况的理想替代品。可的松也可用作替代治疗，但其化学结构与天然的皮质醇不完全相同，要在体内转变为氢化可的松才能起作用，故其效价比低于氢化可的松。泼尼松和地塞米松的药理作用比氢化可的松要强得多，也可用来替代治疗，但是这两种药物作用的侧重点与氢化可的松不同，不能完全纠正由于皮质醇缺乏所造成的各种异常，因此不是十分理想的替代品。常用来替代醛固酮的药物为氟氢可的松，在体内可模拟醛固酮的主要生理作用，且作用的持续时间比醛固酮要长，是目前临床上比较理想的醛固酮替代品。醋酸去氧皮质酮也可用作替代治疗，但效价比很低，且需肌内注射，所以不如氟氢可的松理想。

生长激素是如何治疗性早熟的

目前采用的生长激素是基因重组的生长激素，也就是采用基因工程的技术，将人的生长激素的基因植入一种增殖很快的细菌如大肠埃希菌的基因里，让这种细菌能够合成并分泌出基因重组的生长激素，这种生长激素与人的垂体分泌的生长激素在化学结构上是完全一样的。由于这种细菌增殖速度很快，所以合成分泌的生长激素产量很高。

生长激素能够刺激骨骺软骨板的细胞分裂增殖，促进四肢长骨的纵向生长，从而促进身高的增长。垂体分泌生长激素的显著特点也是在夜间睡眠时才出现阵发性脉冲式的释放，为了模拟垂体分泌生长激素的模式，以达到促进身高增长的最佳效果，临床上均采用晚上临睡前皮下注射生长激素的给药方法，注射的部位可选择大腿、臀区或腹壁的皮下。每次的注射位置应与上一次间隔1厘米左右。

采用促性腺素释放素拟似药治疗的患儿，骨骼成熟会延缓，骨骺融合会延迟，这对于那些骨龄显著提前的患儿，无疑为身高的增长争取了宝贵时间，对最终身高的改善是有利的，但是促性腺素释放素拟似药的使用又会使患儿垂体分泌生长激素的量减少，从而导致其身高增长的速度减慢，故对最终身高的改善又有不利的一面。为了既延长身高增长的时间，又使身高增长的速度不明显减慢，以充分发挥患儿身高增长的潜力，理想的治疗方案是联合使用促性腺素释放素拟似药及生长激素＋临床实践证明，两者联合治疗对改善性早熟患儿的身高确有明显的效果。但问题是基因重组生长激素的价格十分昂贵，非国内一般家庭所能承受。

如何用中药治疗性早熟

根据临床上给大量性早熟患儿辨证所得出的规律，中医认为患儿之所以发生性早熟，是由于体内自身调节的不平衡——"肾阴虚而相火旺"所致。所谓"肾阴虚而相火旺"，实质上就是下丘脑-垂体-性腺轴的功能比较亢进，还没到青春发育的年龄就提前启动而造成了性早熟。

按照中医辨证的规律，制定相应的治疗原则，采用"滋肾阴、泻相火"的方法，常用的中药如生地黄、炙龟甲、黄檗、知母等，常用的中成药如大补阴丸、知柏地黄丸等。临床实践证明，滋肾阴、泻相火的中药对病程较短、病情较轻的患儿疗效较好，不仅可使性征消退，而且可明显地延缓骨骼的成熟。

临床和实验室的研究已经证实，滋肾阴、泻相火的中药能使患儿下丘脑-垂体-性腺轴功能亢进的程度显著减轻，子宫、卵巢的体积回缩，第二性征消退，而且还可以明显地抑制患儿成骨细胞过度亢进的功能活动，减慢骨骼的生长，延缓骨骼的成熟，从而可防止骨骺过早融合并改善患儿的最终身高。

性早熟何时需要手术治疗

下列情况中的性早熟患儿须进行手术治疗。

（1）下丘脑、垂体、松果体部位的肿瘤所致的真性性早熟患儿，可采用立体定向放射外科技术（X 刀、γ刀或高能粒子加速器等）治疗。先采用头颅的磁共振显像将肿瘤准确定位后，由计算机自动控制的γ射线或高能粒子聚焦在病灶部位，照射治疗后肿瘤会显著缩小，甚至消失，被瘢痕组织代替，患儿的性征会明显消退，而对病灶周围正常的中枢神经组织损伤很小，更不用打开头颅骨。所以，这种"手术"安全，不良反应小，并发症少，而且疗效肯定，使此类患儿的治疗前景大为改观。这种治疗方法的主要缺点是价格昂贵。

（2）确诊为性腺或肾上腺肿瘤所致的假性性早熟患儿，应尽早手术切除肿瘤。一旦肿瘤切除后，性早熟的病情会很快缓解。

（3）先天性肾上腺皮质增生症所致的女性假两性畸形患儿，宜在 6 个月至 1 岁时行阴蒂切除术，并于青春期后进一步做外阴、阴道整形手术。

如何避免儿童性早熟

在日常生活中，父母怎样发现孩子的性早熟呢？这其实不难，只要细心观察就能早期发现，从而早期治疗。

女孩子发生性早熟往往首先出现乳房增大，并有触痛。一般多为双侧乳房同时增大，但也有一部分患儿开始仅一侧增大，以后才发展为另一侧。随着病情的发展，乳房进一步增大，阴道分泌物增加，患儿还会长出阴毛、腋毛，出现阴道出血症状，开始多为阴道不规则出血，逐渐过渡为月经。男孩子性早熟的征象首先是睾丸增大，接着阴茎增长、增粗，并有勃起现象，以后还会长出阴毛、胡须，出现变声，甚至排精。

一旦发现孩子有上述症状就要及时就诊，明辨原因，早期治疗。性早熟是一种病理现象，会给患儿生理上特别是心理上造成极大的负影响，严重干扰他们的生长发育，给他们的生命旅途投下令人烦恼的阴影。性早熟只是青春期过早出现，患儿的大脑智力则仍按照常规来发育，这是生长过程中的一种"脱节"，父母要注意对孩子的引导，尤其是真性性早熟患儿，因为他们已经具有生育能力，性冲动强而自控能力弱是他们显著的特点和致命的弱点，谨防他们干出"傻事"。

生活中，由于家长疏忽大意，孩子误服避孕药、激素类药，或者父母缺乏基本的医学常识，给孩子长期大量食用富含激素的营养品、补品等，造成孩子性早熟，这样的病例屡见不鲜。这里有两组数字很能说明问题：一个是有关部

125

门提供的一份对全国各地"食"字号营养品的检测结果，显示七成以上营养品含有性激素；另据媒体报道，上海某医院对 1 000 余名性早熟患儿调查发现，至少有 40%是因为过多服用含有激素的营养品所致。所以，奉劝那些爱子心切的家长，与其花钱给孩子买营养品，不如让孩子吃好一日三餐。

除了母亲的避孕药、含有激素的营养品，孩子们的周围还存在着许多致性早熟的因素。比如，现在有一种补锌的鸡蛋，就是在鸡饲料中添加了锌和激素，鸡吃了该饲料，锌和激素就被带到蛋内；类似的吃了"几月肥"催肥的猪，猪肉里也含有激素。同样，有人用雌激素饲养黄鳝使它长得又大又肥，这种鳝肉就富含激素；种植蔬菜时，用雌激素会使它长得更鲜亮，但无疑会对人体产生不良反应，特别是孩子。女性使用的丰乳膏也含有大量的雌激素，那些摸着妈妈乳房睡觉的孩子也会因此造成性早熟。

总之，性早熟对孩子是有百害而无一利的，他们的生活尚不能完全自理，心理和智力也极不成熟，很容易发生社会问题。所以，当孩子出现性早熟征象时应尽快治疗。

如何尽早防治儿童性早熟

绝大多数性早熟是可以治好的，但早期发现，及时治疗性早熟非常重要。及时有效的治疗不仅可以阻止第二性征的进一步发展，逆转已存在的第二性征，使患儿获得正常的心理状态及期望达到的成人期身高，还可通过性早熟的诊治，发现和治疗引起性早熟的原发病。

如何尽早发现孩子性早熟呢？除日常生活中多留心观察孩子是否有第二性征过早出现外，10 岁以前孩子身高增长突然加速往往是性早熟的一个

信号，此时家长不应盲目乐观。如怀疑孩子有这方面的问题时，家长应及时带

孩子去医院咨询、就诊。如果孩子被确诊患性早熟后，家长除积极配合医生治疗外，还应给予孩子各方面的关心和爱护，并对其进行适当的性教育，使孩子了解自己疾病的真实情况，消除精神压力。

在药物治疗方面，轻度性早熟可采用中药如知柏地黄丸、大阴补丸及其他汤药治疗；中度以上及真性性早熟则可在医生指导下用孕激素、促性腺释放激素类药治疗。对多数体质型性早熟的女孩，可用甲羟孕酮100～200毫克，在月经周期第14天肌内注射抑制月经，但不能阻遏其他成熟现象的加速。近年欧洲试用一种具有抑制下丘脑活动的抗雄激素制剂醋酸氯羟甲烯孕酮对治疗性早熟有效。

性早熟的儿童若能触及增大的卵巢，有必要剖腹探查。如为卵巢囊肿应行剜除术。良性肿瘤保留卵巢是可能的。仅为单侧的、大而包膜完整的活动性卵巢瘤，最好行患侧输卵管卵巢切除术，并对对侧卵巢剖视活检。如对侧卵巢与子宫无肿瘤应予保留。腹腔积液本身不应作为恶性或根治术的指征，但须例行腹腔积液的常规化验与细胞学检查。包膜完整、活动的粒层细胞肿瘤行患侧肿瘤及附件切除后，可保留对侧卵巢，须做如前述之检查。恶性卵巢肿瘤经快速冷冻切片明确诊断，根据分期应行根治术。

预防性早熟的发生，家长还应注意少给孩子吃鸡肉、牛肉、羊肉、蚕蛹等，也不要滥用市售未经严格检测的所谓儿童食品。不要盲目给孩子食用蜂王浆、花粉制剂、鸡胚等"补药"，妥善存放避孕药物、丰乳美容品等，以免孩子误服或接触。家长除掌握必要的医学知识外，平时应多留心观察孩子是否有第二性征过早出现、10岁以下的孩子身高增长突然加速等现象，一旦发现异常，应及时前往正规医院就诊。